忠肅集

宋·傅察 撰

中國書店

詳校官編修臣裴謙

臣紀昀覆勘

欽定四庫全書　　集部三

忠肅集　　別集類二北宋

提要

臣等謹案忠肅集三卷宋傅察撰察字公晦孟州濟源人年十八登進士第蔡京聞其名將妻以女拒弗答調青州司法叅軍歷遷吏部員外郎宣和七年充接伴金國賀正旦使時金人已起兵而宋人未之知察至玉田縣

韓城鎮使人不來居數日金數十騎馳入館彊之東北行遇金大帥斡哩雅布迫令下拜察抗辨不屈死之贈徽猷閣待制乾道中追謚忠肅事蹟具宋史忠義傳集為其孫直煥章閣伯壽所編周必大為之序察為堯俞從孫學有原本史稱其文温麗有體裁特年三十七即遘國難以死未嘗有大著作以發揮其才氣故集中所存大抵酬贈篇什及表箋

啓劉駢麗之作為多然其深厚爾雅亦自足資諷誦且當宣和末造士大夫名節掃地之餘一旦猝遭事變獨能奮身碎首致命成仁卓然自遂其志其忠義之氣尤有不可磨滅者詩文雖屬無多固當與李若水之忠愍集並垂不朽矣乾隆四十九年三月恭校上

總纂官臣紀昀臣陸錫熊臣孫士毅

總校官臣陸費墀

忠肅集序

二帝三王時人才多出於國子蓋其見聞積習作成有素非如秀民必俟族黨州鄉賓興之然後用也觀舜命夔典樂教胄子曰直而溫寬而栗剛而無虐簡而無傲及命契為司徒教民則敬敷五典在寬而已周官大司樂以樂德教國子曰中和祗庸孝友及司徒以三物教萬民則置禮樂於六德六行之後其視成材詳略次第固有別矣夫子不云乎興於詩立於禮成於樂學至於

樂則義精仁熟和順於道德而性成焉故以之事親必
孝事君必忠臨大節必不可奪文其餘力也晉唐以來
國學與監置祭酒若司業皆冠以國子亦古之遺意鄉
本朝世臣巨室前後相望在仁宗時有若獻簡傅公諱
堯俞未冠以進士起家平居號稱長者及事四朝屢歷
言路忘身殉國有不可奪之節遭時遇主致位二府生
多美舉沒保令名遂為大家其從孫忠肅公諱察年十
有八復踐世科宣和末以吏部郎假宗正廷勞金國賀

正使行及境上會幽燕交兵或勸其歸公不可猝遇斡哩雅布强公使拜公又不可竟握節死之詔贈徽猷閣待制乾道中追賜今謚其諸子皆以問學才猷翱翔仕途至孫伯壽文采益高方以直煥章閣按刑畿部與念前烈既編定獻簡公草堂集又裒公遺藳成三卷將傳布四方屬必大序其首惟公文務體要辭約而理盡甚類獻簡詩尤温純該貫閒次韻愈多而愈工惜乎享年纔三十有七名宦未達高文大冊無自而發其淵源則可

考矣竊嘗論之獻簡幸生太平無事時止於正言不諱是以為宋良臣公則不幸將命艱難之際仗節死難遂在忠臣之目要之忠孝大節易地則皆然特所遇不同耳故為推本帝王之教以及本朝之盛使學士大夫知公世濟其美不隕其名者如此周必大序

欽定四庫全書

忠肅集卷上

宋 傅察 撰

詩 頌表附

用廉夫韻招諸友登清徽亭

束帶縛吏事發狂中憒與世情多面朋噂沓惡背憎緬懷數君子皎皎瑩壺氷披雲見顏色洗翠露鋒稜忘形到坦率高論破炎蒸藹然嘉譽在顧我獨無稱文揚屢

交鏑師老畏侵凌況復時雨過緑苗覆千塍便當共臨
眺此興那可勝孤亭枕席佳下有寒潭澄仰看霞綺散
坐待月華升蚓詠縱歡譃明朝期再登

廉夫有會當歸去來之句復次前韻

少小尚奇偉長年病莫興折腰仕五斗詎敢論好憎居
然畏罪罟局如履春氷每懷鷹隼翮轟上看鋒稜追隨
縉紳後糠覈雜肴蒸泮宫天下士籍甚得儒稱巍巍衆
峰上跛足豈易凌朝廷重薦延拔茅餘空塍公孫富經

術非子誰能勝坐見萬頃波罋缶汲逾澄沛然下膏澤

翁若朝雲升勿云數留滯青史他年登

次韻廉夫登清微亭二首

蝸舍不容膝煩敲局清興豈惟倦東帶絺綌猶云憎清

微跨城角窣兀嶷凝冰深池暮黮黮遠岫朝稜稜往歲

與申子賓朋日雲蒸遂令棟宇陋顏眄流名稱先生今

詩伯氣欲青雲凌鏘然出佳句椒蘭布畦塍邀我避暑

遊意重愧難勝何殊飲沆瀣神明自清澄嗟彼浮名者

此亭豈易升跼蹐恐後時攝衣請先登
大火氣方熾新金伏未興茅屋苦卑陋蘊毒空自憎流
汗常被體滌煩屢飲氷那堪青蠅輩鼓翅作威稜薰風
爍炎日沸鼎助薪蒸每思謀爽塏地隘舊無稱高亭枕
城隈粉堞勢騰凌清水繞其足茂林瞰田塍此間有異
趣躋攀弗能勝佳招適我願坐覺神魂澄何當卜鄰舍
與子朝夕升飄然忘世累長嘯效孫登

次韻祝廉夫登南樓

膏雨潤四野草木蘇中乾駕言共臨眺凌雲陟層盤華
宇蔭曦日溽暑隨風闌清談無俗好茶果有餘歡撥置
簿領煩憩此篁席安悠然得佳趣可以寄簪冠耳目去
局促心體自廣胖何如斂手版觸熱事上官曉來纖靄
霽矯首欣遐觀一鳥沒天外千林杳雲端西山有爽氣
淺緑浮巑岏翻疑圖畫裏未覺雲夢寛蕭蕭林間蟬已
如咽暮寒直恐霜露至歸歟可忘餐

同七兄寄二李

昔我在淇水二陸皆少年伯也氣軒昂丹鶴唳青田季方文章士擷華桃李妍力學乃未已有如火始然相見一傾蓋便誦膠漆堅笑語玉麈折登臨蠟屐穿時時出秀句灑若沉疴痊爾來踰十歲自當冠貂蟬胡為茅屋下寂寞尚草玄方今明堂構收拾棟與椽安得刷羽翮吹嘘送上天此志儻不遂何用空言傳不如李翰林沉醉自稱仙不如陶彭澤歸來謝塵緣但解琴中趣何妨甕傍眠富貴草頭露名譽空中烟子意竟何如余心

方寂然顧求真實語莫作猾頭禪

夏日登清徽亭

永日留煩暑斯樓得屢登向來知異境高處若無憑遠岫生雲直輕風蹙浪層試承金掌露更接玉壺氷抵掌賓朋盛題詩氣象增望窮遺憾在我欲醉時升

清徽亭分韻得空字

縹緲千層外縈紆一徑通飛甍明落日巨棟掛斜虹賞眺資公退招邀得調同九天開浩蕩萬象入牢籠水色

連晴碧雲容借晚空清爽庾公興快揖楚王風弁側金
罍倒樓昏畫角終明朝車馬客陡覺壓塵紅

大暑同蔣明亞叟熙載夜登清徽亭

土潤伏新金陽歊困亭午曦御駐征驂朱光徹厚土烏
雀噪堦除蛙蚓鳴草莽簿領抗塵容茅簷庇環堵蜂蟻
亂繩牀蚊蟁隱雷鼓椶拂徒爾為青蠅敢予侮避喧空
百慮對食但三吐舉箑未摇風揮汗已成雨那能整冠
巾誰復對賓主豈惟眩生花坐覺氣如縷南方有高樓

兀然蔽華宇摳衣倦躋攀策杖愁傴僂俄頃叩雲端飄
蕭開洞府新涼颸爾來舊暑脫然愈清池涌波瀾踈星
穿牖戶夜氣襲氷霜月明粲珪組烏鵲倦還飛遊魚清
可數珍菓走金盤清談揮玉麈羣籟正囂囂幽夢方栩
栩何當食瓊漿一夕生毛羽

夜登清微亭雲陰掩翳東北有雨少頃月出皎然

復次前韻

融融暑未闌悄悄夜方午命駕聊叩門尋幽得茲土俯

矚但蒼茫前瞻何鹵莽萬籟正虛無羣生各安堵蟬噪作笙簫蛙鳴當鐘鼓凫雁政參差詠諧懼狎侮豈惟冠蓋傾已覺肝膽吐坐久隱奔雷天邊垂密雨踈木列賓朋衆峰自臣主螢火落明星爐烟裊青縷那能勝酒杯所欣瞻德宇高歌屢激昂失喜或俯僂蕭颾濯塵襟清虛湛靈府快如仙爪爬灑若頭風愈須臾出金盤照曜開玉户映浪雜瓊瑰穿簾間壁珥斯游豈前謀後會難逆數歡餘岸綸巾語約揮松麈可能伴鷄棲亦復隨蝶

栩廣寒會可升試為刷翎羽

次晁之道韻

翰林詩百篇發興自斗酒同遊八仙中七者顏已厚邇來數百年斯人那復有風流城東晁四海蔚稱首之子乃其豪異代得寮友滿腹貯詩書妙意寓醪酎政使譽日新位卑未為醜亭亭澗底松不如園中柳芝菌冠衆芳其出木枯朽叫閽問大鈞得致君側否

送承祖赴定州幕府

中山控北陲強弩號百萬單于銜國恩方且事逃遁謀帥得真儒不煩一戟頰風流本江左亹亹有餘論幕府極妙選參謀不容遜藉甚丞相孫凌雲氣豪健所懷社稷計嘗願竊有獻蹭蹬三十年羈旅頗日困因人作遠遊實亦乖素願談笑青油幕聊復可排悶嗟余謬所學塵根苦遲鈍一官聯事久矜式每日勸但覺有不如未見有進寸公亦不吾厭叩擊愧煩涵念當為遠别悵然亦多恨時方苦炎蒸行矣靳強飯

伯時往河東戲與廉夫分韻道相思之意三首
日月劇跳丸暫别亦已久青山繚層巔道里阻其右今
晨登南樓會此同志友思公聊北望竚立但搔首秋風
八月天霽色明朝牖軒車來何時遲爾一杯酒
朝氛霽西山晚日明髣髴遥憐太行上陟巘眩可畏王
侯眇小夫中盤凌雲氣端如車公賢談笑出真味胡為
久崎嶇使我重吁欷王事有程期來歸懼其末
之子何磊落本是青雲才委翅蓬蒿下蟄面垂鬃鬉卜

鄰與我遊肝膽向人開酒酣遺世累謔浪絶嬿猜西風
換煩燠四野無纖埃方當共臨眺公兮胡不來

題毛彦謨容膝軒

夫子負異才端若會稽筍平生懷剛腸於世少許可文
詞類激昂議論恥婞姛高名三十年坐此常坎軻同時
英俊流徃徃步青瑣歸來樂簞瓢琳宫得安坐小軒僅
容膝陋巷生堀堁唯餘豪俠氣屢折每不挫却怪利名
場終身縶韁鎖生雖華屋居死或翳蓬顆固知宇宙間

所有終非我但當清吾心餘事等么麼

次七兄韻

蝸舍席為門清風無所扇閒視纔半尋起行空百轉對食不下喉流汗常被面矧復皃鶩行摘尾抱大卷余方有公事汝輩宜罷遣賴此伯仲賢縱談逞雄辯時時雜博奕豈不賢遊燕呼奴取其來據榻聊一戰初如兩軍交整陣咸伺便俄頃鋒刃集解紛在一箭或喜而撫掌或駭而色變或傍脫而審或當局而眩剥剥伐木聲離

離衆星現勝負既已分反奩若波電却尋文字觀觸物本無戀覓句屢吟哦誦詩作遨行百謫勿相聞從渠書我殿

晩登清微亭次祝教授韻

雉堞亭亭倚翠微高樓梟梟弄清暉共邀嘉客扶笻杖驟喜凉風振羽衣過雨山川顔色好投林鳥雀噪聲稀月揺翠浪明珠碎雲滿金波破鏡飛雄辯琅琅如落屑新詩句句似連璣自憐性僻躭幽寂却恨匆匆便賦歸

送朱熈載改官還鄉

陶唐名臣有朱虎揖遜夔夷尊文祖後來傑出漢雲孫
折檻當時誰敢侮煌煌聖代見斯人凛凛遺風振千古
乘牛不數魯家俠衣錦何妨買臣窶十年牢落困膠庠
五斗棲遲尚環堵唯餘豪氣自不除傾蓋向人肝膽吐
忽然結束事征鞍軒軒喜色浮眉宇謂予倚門親久待
況復楓宸拜明主朝廷公卿重薦延騫騰一鶚生毛羽
高義如君世所稀早據要路思裨補

芝堂

弘度負土忘晨夕空腸未忍進一溢伯會隆冬不衣帛
野火燎原天雨澤當時廬側産靈芝盛事至今光史册
王家兄弟皆英豪籍籍聲華若連璧高文典學乃餘事
一門躬行如萬石孝思他日徹蒼旻血淚垂顚灑枯栢
誰云草木但有生始信幽明本無隔煌煌三秀發坤祥
小大高低紫與白搢紳駭嘆絶前聞老稚提攜溢阡陌
争言圖寫獻修門坐見恩榮來絡繹公獨掩耳更悲啼

吾忍債名於窀穸豈如採摘付兒童大勝籯金滿千鎰
方當孝治軼唐虞八行求賢當側席公雖韞匵畏人知
定有新詩振奇蹟

雪九首

都城十日雪庭戶浩已盈呼兒試輕掃留伴小窗明
天公亦戲人奇幻驚倏忽朝來簷霤間一一綴明月
晚風掃連氛客被憎夜峭明朝起看燭更把崑山照
高堂連夜賞蛾眉映珠櫳誰憐閉門客衣穿履亦空

黑雲埋日車厚雪鎮坤軸行路匆匆包藏恐深谷忽驚陋巷間踏作瓊瑶迹坐聞郢中歌妙句壓元白春雷忽隱隱春雪復紛紛農夫戒及澤荷鍾已成雲散鹽乍可擬刻楮竟難成研辭覷天巧應復名犀生盈尺兆嘉祥三登賀時泰我雖無寸田一飯猶足賴

次韻杜無逸西園獨坐九絶句

南浦送微波西山來遠緑日暮獨盤旋慨焉撫孤竹
前輩不可見古道邈難尋何時赤松子相與歸山陰

折腰為五斗我已愧淵明共赴東林約悵然懷友生

虛齋篆爐烟兀然得禪寂雖有錦繡腸畫餅安可食

亭亭澗底松幹凌雪霜孤既無鸞鳳翔鳥雀來喧呼

一世競榮利紛若空中花蚕作田園計人生會有涯

身遊闤闠間心在孤雲杪譬如登泰山頗覺天下小

外慕亦無已反身良有餘秉流如坐逝韞匵豈藏諸

聖德覆天下歡然萬物春北窗微笑傲似是羲皇人

題張季良適性齋

揚雄家無甔石儲閉門作賦擬相如鄴侯揷架多異書
牙籤萬卷呑石渠吾友張子斯人徒嗜好酸鹹與衆殊
被褐懐寳老不癯收拾萬卷以自娯但願生為蠧書魚
咀嚼英華味道腴揮毫落紙驚羣儒佳處往往凌太虛
網羅秦漢包唐虞上下千載歸指呼自言此樂世所無
不羨堂堂卿相居方今清廟收璠璵肯使滄海遺明珠
高名他日播天衢行看旌帛來庭除

任伯仲時徳升用均父韻送徳父守菑川邀余同

賦

妙齡擢秀如黄童藉甚詞林振古風瀾翻千載常在口
磊落萬卷獨蟠胷不將龜筮論從逆獨向詩書有高識
琳宮乞得十年閑可但新詩勝疇昔一麾自詭治東萊
洗眼看公手重拭疲民按堵身暫休黠吏垂頭聲不出
人言功效真卓爾歸近高堂渾自喜喜公才氣更難量
致君要著巖廊裏秋雲漠漠向空飛颯颯凉風生桂枝
馬蹄又踏東川去盤水洋洋可樂饑我今作吏愧無補

夢寐林泉那得歸會抽手版付丞相却掃庭闈戲彩衣卜鄰僅許依仁里與子艱難共生死釣竿伴我訪滄溟沮洳定無三尺鯉

送傅倅

洺之水兮其流舒舒公之來兮朱服熊車士元展驥仲舉題輿公之來兮民斯樂胥洺之水兮其流洋洋公之化兮春雨秋陽袴襦頌洽禾黍歲穰公之化兮民斯悅康洺之水兮其流瀰瀰公之去兮旌旗旖旎父老攀轅

縉紳方軌公之去兮瞻望徙倚洺之水兮其流洩洩公之德兮此邦所愒吏遵其畫人懷其惠公之德兮久而勿替洺之水兮其流活活公之名兮茲其彌達翔于朝宁鶱于省闥公之名兮莫我敢遏

贈朱令申泮宮二首

折桂陪英彥彈冠接寀僚志連秦璧固論鄙楚師恌逸驥終難縶翔鸞詎可邀緬懷巖下士猶得夢中宵

異時師感德此地喜同僚尺璧完無玷和鍾小不恌鐏

壘傾笑語車馬費招邀莫使光陰度從今便卜宵

余父子妻孥各在一方欲歸未得因感成詩

皎皎明河漢悠悠度女牛奔馳空歲月南北尚淹留所

願各千里此身兼百憂如何有羽翼來往亦遨遊

思歸

舊國日已遠東秦安在哉水雲波浩蕩林日影摧頹野

色撩詩興秋風動旅懷繫舟還信步不覺詠歸來

阻風次衡元度韻

水柳纜孤舟飄飄萬里秋遠風來不斷高浪去難收菰葦蕭疎折烟雲慘淡浮賴知師德在舟子亦多愁

逍遥堂五詠

欲識逍遥樂都忘利與名討論唯百氏來往有諸卿靜覺羊腸險閒看蝸角爭超然窮妙理知不愧莊生

堂上春風至欣欣草木情鵶鳴藏柳暗蝶舞映花明暖日遲遲景輕雷隱隱聲客來何所有采蕨試清烹

堂上薰風至陽曦午更驕翫陰欣葉密引飲快冰消乳

燕飛還墮鳴蟬咽復調清談能却暑應不費招邀

堂上西風至郊原歲事成雨餘虹影落雲霽露華清唧唧蛩鳴夜飄飄燕渡晴登臨多物色筆落競縱橫

堂上寒風至蕭條靜物華映窗唯有竹倚檻更無花碧瓦霜初重銅壺日易斜罇罍延夜永不覺已朝霞

吏隱亭會集

招攜共到習家池雲水為裳芰製衣魚戲輕船浮枕簟鷗隨落日下汀磯岸巾已得杯中趣橫吹如從天外飛

野性每來應未厭驪車寧復賦言歸

尉治吏隱亭二首

公餘吏隱剏新亭野闊雲低疊素屏風動荷香翻偃蓋日揺波影散踈星望窮南畝千重緑坐久西山數點青更待晚凉蟬亂噪與君散策試同聽

一番新雨洗華亭四面晴天倚翠屏並秀採蓮舒嫩臉孤飛白鷺帶殘星披襟驟覺登仙樂倚檻猶疑倒影青横笛晚來聲更好龍吟泓下亦時聽

十五伯以詩見贈因次韻為謝

蕭然顔巷復誰堪竟日潛心到五三載酒未妨從靖節圍棊端不羡羊曇逢人傾倒羣兒笑落筆縱横四座慙舊學青箱知未替更將新律付諸男

次韻申泮宫直宿早秋四首

新秋爽氣溢長空弦誦低昂月應櫳濟濟青衿成魯變洋洋泮水詠洙風羣儒篆刻空章句百氏紛紜賴折中何日拔才空冀北如今高譽滿山東

皎皎清波滿四空疎林散影弄朦朧援毫欲賦陽臺夢
振袂欣乘玉宇風已覺素秋來席上却疑仙景落壺中
凌雲未許攀仙桂卧看氷輪没漢東
一方明月落長空萬里餘輝鎖玉櫳蟬韻啾啾來遠木
槐雲梟梟弄清風共邀載酒陶彭澤走訪談經戴侍中
景物蕭然無限思靚妝應許過墻東
泮宫深閉絳帷空遥想佳人照綺櫳閑倚畫屏憐永夜
懶摇紈扇引涼風直疑令史歸天上猶想陽臺入夢中

展轉覺來無一事日揺槐影桂窓東

又次申教授直宿三首

皎皎虛堂帶月清金風入律露華明潘郎遇直生秋興
韓子長歌憶短檠驚鵲繞枝巢未穩幽蟲尋砌隱餘聲
却嫌詩思撩歸夢數盡高城長短更

擾擾浮名絆此身相逢樽酒眼還明君如俊鶻方搏翮
我似彎弓不受檠弱植幸容依玉樹新詩嘗喜擲金聲
他時會致青雲上莫厭卑棲歲屢更

秋堂襆被有餘清驟喜秋光潑眼明簾外月華篩碎玉牀頭螢火當長檠直嫌唧唧秋蟲響且聽琅琅弦誦聲善教尚煩留滯席朝恩未許便歸更

同工曹至臨洛道中禾黍蔚然喜而作呈朱令

甘雨初匀歲事時冥冥造物本無私綠雲捲地薰風細翠浪翻天曉露滋已見郊原深沒馬預欣場圃積如坻從來令尹憂民切短句聊憑一解頤

方量牧地次韻工曹王亞叟

朝廷廣事備成康郡邑承風底事忙要使幅員無曠土

始知冀北有留良踈忙似我徒勞耳術業如君詎易量

奔走幸容陪笑語每觀醉墨屢琳琅

杜無逸留别次韻三首

薰蒸和氣浹豐年羸老欣聞詔令宣疾惡如讎知勁節

清言有味樂推賢却嫌松竹荒三徑故乞絲綸下九天

欲識邦人思厚德四郊草木亦依然

汪汪萬頃浸清波千里旁漸惠澤多化比宋均方渡虎

瑞同王霸自生禾盤根治劇觀游刃破膽挍姦去宿痾
已有謳吟喧井邑更傳佳句似陰何
一官塞北似飄蓬邂逅威嚴霽弱翁它日若陪林下客
亦能把釣待秋風
無逸用前韻見謝復次韻
籍籍聲名自妙年優優惠化詠來宣寧誇衣錦光前牒
便擬揮金繼昔賢秀句屢同歌白雪高標猶幸視青天
自慚不得陪騶御空想餘風尚凜然

一麾聊復散餘波才比淮陰益辦多千里宣威驅夏日三年種德斂秋禾如綸忽聽頒新渥勿藥還欣已舊痾却恐九重思治行蒲輪它日竟如何

鵬飛初不礙蒿蓬自擬歸休慕仲翁況有仙姿標洞府泠然禦寇已乘風

和鮑守次韻林德祖十四首

南宮三日任非輕湖海歸來一草亭礜礱芝蘭方冉冉節高松栢獨青青仁風已播袁宏扇素節行頒毛玠屏

豈待朞年歸報政人占此地有台星
莊周蝴蝶夢魂輕盤谷家山有舊亭下筆未能工媲白
折腰何敢望紆青思魚此日空彈鋏誤墨他年點畫屏
寂寞草玄繩戶閉猶堪歸伴少微星
五月黃塵去傳輕褰裳幾處宿郵亭共知向日輸心赤公詩有報國身輕之句
莫嘆微霜點鬢青公詩有白頭之句
每傍重霄求寶劍欲令新木作枯屏淮南子不逢仁惟此自幽谷之永為枯木
流傳賸有風騷句遙想羣公若會星

恩分千里賞猶輕好建精思李栢亭日映氷壺融皎潔
風臨玉樹發葱青高名競慕蒲葵扇雅操寧施刻縷屏
夢得惠連春草句虛傳李白是金星
氣蓋千人一羽輕九霄丹鶴唳華亭姓名已入金瓶覆
留滯休嗟銀印青彩筆掞天摛麗藻高標揷地見長屏
鹽梅他日從人望商說何功比列星
聖代勤民豈外輕聲名今已播邉亭風摇鈴閣終晨靜
雨鎖棠陰滿地青賜表殊功宜冕服榮分從吏亦緹屏

如公學問留閒郡東壁何人應二星
十年塵土坐才輕五斗猶堪佐縣亭昂貴敢歆新綬紫
固窮唯有舊氈青已甘終作輪囷木未忍翻同屈曲屛
猶喜膺門被容接常瞻郎位蔚然星
銀鉤落紙彩毫輕醉寫新詩入禁亭學擅儒宗窮壼奧
文擒墨妙炳丹青親承零露如金掌密薇衡風似寶屛
雅意未須嗟出守宵衣方念庶民星
九萬鵬程舉翮輕蚤年高譽滿江亭曾分蘭省趨墀赤

行從荷囊拜瑣青雅度最宜鏘玉佩精忠不用綠沉屏
欲令行部禧帷去要使人爭識景星
久嗟留滯壓叢輕桃李無言向野亭展驥始應流汗赤
登龍早見出藍青三餘共對賢人酒四野欣瞻別駕屏
何日蒲輪趨召節便看兩兩映魁星
半刺同流寄未輕勤勞每舍離鄉亭高懐不羨貂蟬貴
麗句還酬玉案青字買千金休擇筆才兼三絶好書屏
獨慙後學波瀾狹明月舒空映小星

淮陰當日少年輕官舍渾如寄旅亭十載淒涼甘組綠
三冬諷誦伴燈青才非徐孺慚懸榻諂異陳咸豈觸屏
獨幸親逢陶謝手每觀一字並華星
佐縣三年敢意輕掾曹還許暫平亭齒延屢醉爭扶白
嗣響非工愧取青自此浮鷗容海浪幸同馴鹿傍車屏
從今已恐終更去悵望參商是別星
使軺問俗畫輪輕五馬張筵駐驛亭他日恩榮封詔紫
佇看謇諤伏蒲青才能並賜龍文劍勲業同分雲母屏

太史已書賢者聚句陳此地仰華星沈仲和過郡鮑欽止因留宴飲

七月二十五登舟

暫來征騎出闤闠却棹扁舟下小津颯颯西風如送客蕭蕭晚雨欲留人一年蹤跡無停日千里羈遊又遠親為問篙師從此去定知幾日到東秦

野宿

沂水秋風揚小棹穿林落日繫孤舟心清乍喜離囂俗野曠翻疑動旅愁歸雁高飛雲杳杳幽蟲夜話草悠悠

此間景物君知否即是瀟湘一片秋

晚發

理棹頻看溪水分岸移不覺轉孤村漁翁醉卧灘沙穩樵子行謌岸草昏白鷺成行低欲落清蟬無數斷還聞自將野色并秋色都付詩魂與醉魂

過灤次衡元度韻

山雲漠漠水溟溟千里拏舟似葉輕作喜晚光偏照耀却嫌秋色太分明疑人鷗鳥看來熟殢客荷花望處平

佳景直須乘興入蚤催風伯送吾行

再阻風次衡元度韻

阻風三日不舂粮浪急篙横未到莊碧水賴知饒夜月青山已復下殘陽每吟秋興空多淚欲賦西征細作行行止定非臧氏力艱難險阻自須嘗

次韻烹茶四首

移種疑從紫府仙世間凡草護芊眠味高石蜜甘居下效捷靈芝愧在前白絹並標官焙印月團猶帶御爐烟

年來海宇皆知愧卻笑神農未解煎劉夢得茶歌炎帝雖嘗未解煎

吏隱從人號孄仙一甌常及日高眠要令萬卷澆胸次便覺三山到眼前客至不須樽有酒家貧肯厭突無烟清泉近在南山麓珍味殊勝渭水煎白樂天有渭水煎來始覺珍之句

不但蠲煩起醉仙能令古莽失多眠見列子春風乍拂千巖上曉雨初沾百草前絳縷縫囊包紫壁杜牧之詩牙香紫壁裁玉塵凝盌照清烟李郢詩有玉塵煎出照碧霞令人嗤點前人拙未肯須依古法煎徐鉉任道詩新物須依古法煎

仰望羣公若會仙貪論茗飲未安眠冥搜往往遊塵外
得句時時在枕前夜漏謳吟清徹骨晴窓揮染淨無烟
中秋風月佳辰近應把雲腴對竹煎李衡公詩孤吟對竹煎

槐堂二首

慇勤當日植文槐志在經綸世豈知古栢空傳武侯廟
甘棠爭誦召公詩頽顔共惜成陳迹廈屋初欣敞舊規
豈但一時追盛事高名從此看雙垂
欝欝庭柯已百年相傳勿翦豈徒然曾棲鸞鳳枝條聳

直傍雲霄雨露偏彩制乍驚增昔構佳名還喜契台躔故知異日思遺愛爭指新堂說二賢

李良罷示牡丹長句謹賦三首

一見奇葩潑眼明兩州風物寄爭新十家京洛供長日萬朶東秦照暮春諦視尚疑傾國女醉吟猶付謫仙人定知不是無情物為有真香暗度頻僕家近洛陽而嘗官青社故云

紫檀刻蘂香初吐紅粉勻葩色正新孤艷長宜微帶雨衆芳誰復與爭春無端應恨風驚葉不醉卻疑花笑人

從此徑須連夜賞遶闌百匝未為頻
如酥小雨壓芳塵曲檻重來花更新莫怪東風鍾異美
獨將仙種殿餘春愧非阿母池邊客喜見陽臺夢裏人
猶恨此生輸蛺蝶偷香抱蕊往來頻

題毛彥謨容膝軒

促膝篝燈意未疎歸來端為憶吾廬縱談衮衮皆忘倦
豪氣飄飄尚不除賴有一經如長孺休言四壁似相如
小窓宴坐無餘事門外頻聽長者車

次毛彥謨韻

平生貴異不諜身率道恂恂范伯孫巷有青衿來問道
家無赤脚可應門抗章曾叩蒼龍闕讜議終開白獸鐏
見說晚聞多妙教悠悠浮世更堪論

南溪會集

傳聞公退集羣英共惜殘春到野亭高柳半天成翠幄
遥峰揷地作長屏應憐曠寂囂塵絶更覺蕭踈梅影冷
顧我阻陪車馬客空吟河畔草青青

淡蕩春溪帶晚城勝遊此地繼蘭亭風摇波面琉璃簟
雨洗山光翡翠屏舉酒莫辭歸酩酊垂綸聊復向清泠
會須踏月重追賞要看林烟共草青

次韻任伯仲均父詩和唐英之什

數子聲華久絶塵更將詩律鬭清新爛如曉日鋪紅錦
穆若薰風泛緑蘋王謝由來多大手（謂任伯仲詩）何劉那得
比斯人（語均父）從今海内傳流徧到處常應護鬼神

九日次韻邢子友

側身西望涕沾翰黄菊丹萸又滿闌徧插定應憐我遠從遊誰復盡親歡年過騎省悲秋易貧似司空乞酒難何日故園鳴雁侶醉歸松竹挂衣冠司空圖九日詩黄菊新開乞酒難孟浩然詩烟紅鋪藻翰松竹挂衣冠

贈毛彦謨二首

相逢晚歲莫情疎徑欲連墻卜並居苦學羨君詩有味固窮憐我食無餘從容杯酒頻揮麈斗藪塵埃喜振裾問道談言過輔嗣故應囬首萬浮虛

歎息朝廷記憶疎未聞平子賦閒居窮經豈但論糟粕

樂道寧能遂腐餘已覺烟霞親几杖不教塵土汙簪裾

客來強起談名理寂寞茅齋盡日虛

馬上作

心遂輕波去身隨匹馬歸據鞍揮淚盡回首一依依

夢覺

日永不可過夜涼愁更多蟬聲嘶晚月孤枕夢如何

思家

一別遼如許歸期可奈何無心戀明月有淚寄流波

七月十一日夜凉風驟至即事書懷三絶句

凉飈此夕何佳哉萬里朱炎去不來吹入離人多少恨却將魂夢到陽臺

蕭蕭初覺澹雲輕颯颯如聞轉樹聲收拾光輝渾在眼應知騎省賦初成

窓外時聞一葉落槐陰驚起幾蟬鳴秋風定是多情物解作離腸欲斷聲

七月十六夜對月

雲捲天高烏鵲飛滿庭槐影轉風枝可憐秋色誰分付正是安仁作賦時

牡丹三首

侍中宅畔千餘朶興慶池邉四五枝何似城南王處士滿園無數鬬新奇

無奈狂風日日催東君欲去復徘徊應縁衆卉羞相並故遣妖姿最後開

半醉西施暈曉妝天香一夜染衣裳躊躕欲盡無窮意
筆法誰人繼趙昌

聞有游蔡氏園看牡丹詩戲作一絕呈季長

車騎雍容駐道傍小園尋勝見花王應知異日傳佳句
處處人稱黄四娘

海棠二首 清明後一日

恰恰清明昨夜過海棠幽獨占春多杜陵不是無心賦
才薄難工奈若何

欲識東君用意工故將殘葉襯輕紅可憐雨洗胭脂濕
只怕風吹翠幄空

頌

擬請西封頌

肇自古初悾侗顢頇上下靡記羲農已降載籍所傳德
莫盛於五帝功莫盛於三王然皆封岱勒崇檢玉泥金
用能垂光于無窮逮至後世如漢與唐治未洽於羣黎
事已追於八九葢未有符應昭明而罔舉升中之典者

也恭惟皇帝陛下席累葉之丕基紹盛唐之遥迹負扆
垂衣焦勞萬國于今十有四年矣挈紀綱於既全興典
章於已墜五禮明而八音諧四民安而九刑措和氣充
塞於海表惠澤漸濡於鬼區豐年協多稌之祥重譯盡
鄉風之俗靈芝嘉禾文石析木之異甘露醴泉景星翔
鶴之應紛紜雜還史不絶書若乃神禹錫圭以告成功
上帝歆德而來格則又非譜牒之所紀已昔周有素雉
朱烏黑秬黃鸞之事漢有白麟赤鴈芝房寶鼎之歌猶

能薦之皇天以為元命挍之二瑞何其褊鄉閭者近自畱都東抵魯國西浹汾脽扶老擕幼衆以萬計奔走闕下願講上儀章却而復上者屢矣皇帝方將儲神穆清守德謙固闕然數月未有俞旨意殆與所聞異乎於是三事大夫僉言而進曰陛下德臣五帝功君三王是宜建崇號施鴻名為萬世無疆之休茲事體大久其懿哉矧天地之錫祐垂鴻以積祐于我宋者不可以不答祖宗之垂統繼業以致治于今日者不可以不承乎陛下

雖欲辭之又可得邪皇帝乃瞿然改容沛然下詔曰惟
天地祖宗所以付畀余者余其敢怠有司其條詳祥符
故事具注其儀朕將覽焉臣幸生斯時竊伏惟在昔太
史公自恨留滯不得從事於漢家之封司馬相如且死
尚能遺書道封禪事臣雖固陋久陶太平之化不勝惓惓
盡忠之義謹再拜稽手而獻頌曰於昭有宋受命于天
聖子神孫瓜瓞綿綿規重矩疊于億萬年天錫皇帝聰
明文武繼志揚功內登碩輔乃飭乃修舊章具舉禮樂

備興彝倫攸叙豐年穰穰零露湑湑嘉瑞紛紜披圖按譜應期紹至如擕如取瞻彼珍符匪珇匪璧非常之貺驗於載籍昔者帝堯四隩既宅經啓九道繼禹之績地平天成元圭是錫茫茫千世罔有弗欽鑾輿肅駕以即于南精禋昭格上帝是歆駕龍伏虎來享來臨旗旐飈舉下見冠衿凡在此列踊躍蹈舞和風洋洋化敷萬寓僉曰休哉天意可覩名臣顯位咸傒我后幅員西東請命奔走黄冠緇衣髫童鮐叟塡衢載涂舂粮裹糗顧舉

曠儀以垂不朽皇帝曰嘻咨汝多士予臨有邦十有四祀夙夜靡寧迄底於是兢兢業業罔或遺墜封巒告成盛德之事顧惟德薄粤其敢議臣拜稽首薦貢封章追迹八九前後相望皇皇我宋于古有光天命匪懈聿其可忘帝曰俞哉迪惟累聖錫祐垂鴻受天明命予敢弗從以為民慶乃詔有司錯事展采祥符之儀典册具在眷是嵩高西狩靡逮儲精蓄靈意若有待今予祇事其始于邁庶言既同羣公動色歷日協辰以詔萬國

表

擬請東封表

伏以承天之序孰先報本之方治世之隆必舉升中之禮葢不特發祥隮祉流福祚於無窮亦所以勸崇垂鴻示休烈於不朽皇皇哉天下之壯觀洋洋乎帝者之上儀遐觀古初歷選后辟固有無功而用事未聞至治而遺章粤我宋之龍興憲先靈而遠駕太宗順命以創制尚挈三神之歡真皇脩德以錫符獨接千歲之統重熈

累洽用迄于今承明繼成宜若有待共惟秉執聖德處于法宮之中圖任賢才游於巖廊之上崇寬大而長和睦務教化而省禁防四鄙晏安靡有兵革之事萬民和樂長無繇役之勞脩禮樂以文太平廣學校以揚俊異外致殊俗内暢淳風囹圄空虛國無一人之獄衣食滋植家有九年之儲澤浸昆蟲恩及行葦頌聲並作協氣横流三光全而寒暑平上順泰階之政五穀熟而草木茂下均庶物之休埀拱無為衆祥自致精神所鄉嘉貺

荐臻百川理而絡脈通萬化成而瑞應著素雉朱烏之
事比盛周家白麟赤鴈之歌參華漢室是以東土耆老
魯國諸生冀瞻穆穆之光咸罄顒顒之望況承天意以
從事固無進越之嫌儻垂聖慮於勤成允答神靈之眷
伏望皇帝陛下總集元命順玆前規採游童之歡謠悉
五縣之頑慮鳴鑾按鐸長樂介丘檢玉泥金儲休岱嶽
追八九之遙迹章祖宗之盛功為萬世無疆之休實千載
一時之會臣等不勝大願

擬代宰相已下賀籍田禮成表

治朝多慶熙事告成盛德先勞庶民胥慶況於在服罔不均歡中賀竊以富國之源莫先於崇本導民之路尤重於勸農然欲風流而令行固非家至而人悦蓋上之化下也如風之偃草則下之從上也若響之應聲逌於東作之時示以躬耕之制非特昭國家之德化納於純熈將以奉宗廟之粢盛盡其齋恪惟周自厲王以後廢而不脩故傳載虢公之言詳而有證降及後世間有令

主屈萬乘於須臾埀四方之軌則載在信史猶振遺名
肆太宗端拱之初增華於今典逮仁祖明道之際順迪
於前彝用知稼穡之艱難終致倉廩之盈溢恭惟皇帝
陛下潤飾丕構紛澤皇猷省繇役以便民敬農桑之
上務罔游于逸配德於唐堯克勤于邦同符於夏禹申
舊章而下明詔歷吉日而協靈辰翠幕青氊既舉先農
之制紺轅黛耜遂遵一墢之規誠意所加淳風遠暨去
末作而緣南畝致和氣而召豐年臣等獲綴近班親陪

盛事草籍田之賦雖無潘岳之才賡載芟之詩益見周家之治其如欣頌實異等倫

代余帥賀南郊禮畢表

修精誠而備庶物既嚴享帝之容受福祜以浸黎民遂沛自天之澤華夷共慶草木增榮中賀恭惟皇帝陛下孝弟通于神明廣大同乎覆載頌聲並作協氣橫流式講上儀聿修元祀欽翼祇栗内昭一德之誠肸蠁豐隆上格三靈之貺載敷渙號大賚縣區臣夙奉宸恩屬分

藩服莫預駿奔之列空同率舞之情

代余帥賀冊皇后表

禮成宮闈慶浹寰區（中賀）竊以關雎為王化之基嬀虞美人倫之正自非懿德孰贊皇圖恭惟皇帝陛下道冠百王功符五帝受祖宗之睠命得夷夏之歡心調陰陽而和羣生既叶太平之治奉神明而理萬物益知內助之賢日月增華天地順應臣生逢熈運獲睹盛儀雖馳魏闕之心莫預彤庭之賀

代都憲賀册皇后表

天作之合方隆治世之基王假有家爰正柔儀之位徽聲所曁率土攸均中賀竊以太姒配周實肇多男之慶塗山翼夏允符受命之祥自昔明王必求懿德非特以奉神靈之貺蓋將以輔天地之宜恭惟皇帝陛下齊家以身治國以禮宣教化以親萬姓既資外輔之良擇令淑以統六宮載舉内朝之政徽音實嗣象服以宜臣幸遇熙朝獲瞻盛禮屬遠持於使節莫預慶於明庭唯與羣

生永陶大化

代沈和仲賀冊皇太子禮畢表

歷日協辰載嚴寳冊泳天貳體肇建東儲恩洽無垠慶交有截中賀竊以作瑶山之樂式昭治世之功題銀牓之宫爰正長男之位豈特繫國家之本葢將守宗廟之嚴彰哉甚盛之儀允矣難逢之會逺稽前志同夏啓周誦之美名近攷彌文著至道天禧之故事恭惟皇帝陛下受三靈之眷命賛列聖之丕圖緜瓞流祥猗蘭襲慶欲

建不拔之業以展無窮之勳帝座分暉順前星之軌道天地浹潤增少海之波瀾偉茲公器之尊介爾重離之吉用敷渙號大賚寰區臣夙奉宸恩出將使指卜年有永益瞻周室之隆獻壽無疆莫預漢庭之列傾葵竊頌舞獸同歡

代沈和仲賀皇太子受册表

位隆蒼震茂膺主器之良德配黄離允協重明之吉東書所暨鼓舞惟均恭惟皇太子殿下岐嶷挺資溫文秉

賀冠天枝而毓秀分璿萼以騰輝辨書牘之姦啟詒謀之宇（中賀）臣竊以既協靈辰聿陳冠禮載隆國棟肇正皇儲出龍樓而入虎闈仰日躋之盛德鋪金聲而光玉潤昭天縱之多能固將兼三善於姬文豈特陳五學於賈誼某幸遇嘉會久玷明恩徒瞻鶴禁之嚴莫遂鳧趨之願永言善頌實倍常情

擬代宰相以下賀朱草表

協氣旁流紛若萬靈之貺頳莖叢出翹然百草之精見

聞所周欣躍惟一中賀自昔太平之世必膺可致之祥
金芝秀而嘉禾興紫脫華而倭枝植並標鉅美用詔殊
休若乃朱英之效靈尤為植物之罕見並攷前牘之對
謂至和上獵於陰陽載披往牒之言蓋盛德下漸於草
木誕彰丕應宜在明時恭惟皇帝陛下統攝羣元紹休
聖緒維葉泥泥既崇行葦之仁零露瀼瀼咸被蓼蕭之
澤相彼染絳之異昭茲炎火之珍蘂開落以應朔遠同
土堦之瑞枝扶踈而共榦近比水厓之生豈惟大太史

之書方且第從臣之頌臣親進華旦預覩嘉祥黄閣調
元莫補棟梁之用丹霄拱北徒傾葵藿之思

代周文翰賀河清表

睿主有臨荐膺景福榮河薦瑞式契休辰事掩前聞慶
交寰宇中賀臣聞百神受職者聖王之事五行布序者
治道之隆惟茲四瀆之尊實處百川之首況大河之為
害迺上世之所同合衆水以納汙激洪濤而引濁隄防
弭患每泛溢之為虞牲幣祈禳豈澄清而可俟惟聖神

之在上宜天地之垂恩屢效珍符無逾今日恭惟皇帝
陛下堯仁舜知乾覆坤容治已格於神明祥自開於川
瀆大水既安於故道濁流還變於澄瀾實聖德之所臻
非人力之可致詞臣歸美極賦頌之揄揚太史屢書增
簡編之赫奕臣叨居外服久荷殊恩阻獻壽於未央第
存心於魏闕

代沈和仲賀永橋成表

巨浸天開帶三山而中斷飛梁虹指亘萬世以彌堅凡

屬照臨滓同忭躍中賀竊以水實五行之本河為四瀆之宗濫觴崑崙疏壤積石灌注乎中國之半昭回乎清漢之高鯀殛禹興施成功于三代周移秦決亡故道之八支自時以來貽患如彼揵石菑以禦水空傳瓠子之歌下竹落以成隄僅塞館陶之口曾安流之莫覩豈長慮之敢知國家柔河嶽之神盡溝洫之力聖人興而圖書出五道修而絡脈通滎光朝浮澄瀾夕變造舟霜降之後既濟於往來鼓檝雨集之時尚虞於覆溺剏朔方

之孔道當信使之交馳隣人謀之與能信天時之無事
夏圖上策允屬熈朝恭惟皇帝陛下神智獨觀大明旁
照稽先猷而繼志攬初議以折中萬鍤子來靄雲蒸而
雷動雙川股引淼谷轉而山顏壑陵阜以初分洄波濤
于久塞不愆于數惟斷乃成架黿鼉而上躋亘蟠龍而
横據凌脩塗於墱道徹一葦之後艱鎮寶勢於坤靈宜
百神之來護慶交有截利及無疆臣夙荷朝恩外將使
指遠長安之日阻瞻望於餘光賡時邁之詩敢形容於

盛德

擬代宰相以下謝賜郊祀慶成詩表

精意潛通上格神靈之貺英詞俯逮遠追雅頌之聲拜命生輝循躬知愧中謝竊以禮莫嚴於享帝孝莫大於配天三歲親祠遵百王之盛典諸侯助祭宏千祼之丕基酌道德之源淵游文章之林府脩精神而備庶物祗見郊禋受福祜以浸黎民大敷渙號眷羣工之咸在嘉盛德之既陳遹求厥寧念前王之垂統監觀於下荷上

帝之遺休用示淵衷載頌麗藻俾彼形容之妙煥然經緯之文玉振金聲言自調於韶濩星輝月潤象咸仰其光明臣等叨備近司獲陪元祀奏甘泉之賦雖無靡麗之辭歌成命之詩已見緝熙之治豈期宸眷申錫雲章歸詫為榮共喜堯言之布永歌無斁益知舜孝之隆

擬謝賜大晟府樂記并古鐘頌表

作樂崇德遠追三代之音肆筆成書下陋百王之制載頒宸翰申飭使人俾預獲于榮觀用仰宣於睿旨 中謝

竊以自昔承平之治必頌雅頌之聲將易俗而移風故審音而知政逮周秦散亡之後蓋歷世以無聞緜祖宗積累以來至今日而後備恭惟皇帝陛下道由天縱學本生知坐興百世之功獨運無方之智以身為度靡容高下之差用律和聲遂協始終之序陰陽並應日月增輝追茲千載之傳自我一王之法爰即清閑之燕深明述作之源煥若丹青倬同雲漢闓侈鉅衍不待為靡麗之辭深潤溫純將以追典謨之訓豈期綏賚弗間孱愚

此蓋伏遇皇帝陛下盛德及人至仁與下寵夫近弼錫以英詞拜命鞠躬隱若咸池之奏開緘爛目怳同廣樂之歡

代周文翰謝賜大晟樂表

象成作樂用錫予於庶邦觀德鄉方將訓齊於多士事高往牒慶溢緜區中謝 臣聞攷藝于庠實前王之盛典習舞于學亦治世之宏規故舜作樂以賜諸侯而周設官以教國子庶使邇遐之俗習知道義之歸恭惟皇帝

陛下盛德難名豐功莫擬闢土疆于萬里播聲教于百
蠻用律和聲究六經之妙旨以身為度考三代之遺音
孰窺述作之端曲盡情文之善乃分頒於侯服俾肄習
于儒宫敕上國之工師訓多方之俊造欽承嘉惠聳耀
衆觀將易俗以移風因審音而知政臣敢不布宣德意
敕厲邦人損益更張于以識聖神之治鏗鏘節奏非徒
為歌舞之容

代鮑欽止謝永橋成德音表

河定民安亘飛虹之千丈德洋恩普頒泥鳳于三方嘉與羣生同茲大慶中謝竊以被山通道灑二渠以分流造舟為梁跨三峰而作趾啓長途之無壅省經費之不貲蓋歷世睥睨而罔知唯神者經營而未暇載圖盛業宜屬昌辰恭惟皇帝陛下遠迹禹功盡循堯道聖智先定僉謀允諧河久由於地中水方趨於潤下飛芻轂擊笑漢武之負薪舉鍤肩摩樂周文之為沼僝功不日慮事無愆昭然大伾之故蹤宛若中潭之壯勢萬世永賴

坐觀千載之清四方攸同本自一人之慶尚念子來之
衆咸繫襁至之勤蠲賦録勞聖譊宥過置郵星下率土
嵩呼臣早辱睿恩恭承渙號屬拊簿領遠分竹使之符
願採風謠繼上河平之頌

代謝翰林院三伏早出表

陽居大夏欣化日之舒長伏當蠶歸遂清時之逸樂戴
恩甚寵視蔭增羞中謝伏念臣猥以孱虚列于禁路論
思獻納空懐待旦之誠偃仰棲遲但惜分陰之逝豈繄

晏罷亟俾處休此蓋伏遇皇帝陛下昧爽臨朝光華撫運務厚使臣之禮特推恕已之慈終夜以思尚無忘於舊學盡辰而退敢自比於前修

代余帥謝傳宣撫問表

使節光華遠臨外服訓詞溫厚俯逮微軀中謝伏念微臣蚤以愚朽之才復蒙尊顯之位入參機政初乏異能出撫藩條靡聞善狀方譴訶之是懼豈恩寵之誤加比蓋伏遇皇帝陛下湯德克寬堯仁博施憐其簪履之舊不

以遐遺錫以綸綍之言用申睿旨隆天重地未知報國
之方就日望雲空懷存闕之念

又

聖恩隆厚不忘疎遜之臣天語温純特示眷存之意中
謝伏念臣蚕絲幸會獲遇休明荐誤宸知擢參機政去
國未久每懷報主之忠奉職無聞空有愛民之志方期
擯斥敢意恩憐此蓋伏遇皇帝陛下盛德包荒至仁念
舊同天地以覆載配日月以照臨申飭使人就宣詔旨

鴻私所被銘骨知榮緜力易疲殞身何及

代梁帥謝獎諭表

將命朔方曾乏涓埃之效疏恩中禁謬蒙綸綍之頒載德無窮省躬知愧中謝 臣智能甚薄政治蔑聞頃奉宸恩出膺使事多捐厚幣廣集瓌材藉外府之贏餘佐上都之營繕顧職分之當爾豈勞能之可稱敢冀睿慈俯頒溫詔寵甚兼金之賜褒逾華衮之榮此蓋伏遇皇帝陛下御衆克寬用人以禮務記功而忘過每勸善以使

能凡少著于微勞必曲形于獎訓臣敢不益堅素節增激懦衷什襲珍藏莫稱恩私之重一心盡瘁益思報効之勤

代少尹謝獄空獎諭表

佐天府之浩穰初乏之微勞奉璽書之温純遽叨睿渥中謝伏念臣性資巽懦學術迂疎誤辱簡知荐更罷使區區自效慚竊位以素餐斷斷無能但因人而成事方唐虞推好生之治而趙張著良吏之稱務教化而省禁防人

自重于犯法行寬大而禁苛暴物不陷于無辜豈特囹圄之空虛固已奸邪之銷釋在於蕞爾蔑有稱焉敢謂至仁亦蒙嘉獎恩重丘山之賜褒逾黼黻之榮部屋生輝汗顏有靦此蓋伏遇皇帝陛下匿邪忘過録善使能視民如傷欲遂措於刑罰班賞無怯俾咸勸於事功苟少效於涓埃必曲形於綸綍臣敢不仰遵聖訓俯激愚衷勉以一心庶盡公家之利藏之什襲永為私室之珍

代辭免尚書左丞表

學徵術昧居懷不稱之羞德厚恩深載奉非常之選輒
輸誠懇薦瀆明威竊以地重中臺二丞實資於管轄道
尊元首庶政咸頼於股肱矧上聖之端臨俾下民之底
乂宅乃事而宅乃牧率和衆後之圖簡厥身而簡厥良
克懋羣工之叙必具瞻之攸屬豈積久以致升伏念臣
名在闒冗之中身遭明盛之世當陳力就列極懷翼翼
之心幸踈舉廣謀爰納斷斷之介顧易窮之末技終莫
望於清光曠日累年曾莫施于片善循名覈實敢復冒於

次遷伏望皇帝陛下繹以庶言包之大度深察籲天之懇收還渙汗之私勸百僚而顯有功肆疇咨於在位展四體而率舊職尚勉及於前脩如此則國無誤寵之尤豈特於臣免貪榮之謗

代尚書左丞謝表

中臺貳政微勞勿效於明時左轄圖賢誤選乃容於宂位莫遂固辭之懇彌增非據之慚中謝竊以漢置四丞實佐令僕之事唐分六部尤嚴綱紀之司然而進靡預

於國鈞故其任止專於樞憲粤惟神考稽古治官肇新
二府之聯允洽八元之舉蓋將偕衡旦皋夔之咨勿豈
特同蕭曹丙魏之謀謨凡膺眷注之隆必傾衆望矧在
褒升之典豈曰超遷伏念臣學不足以窮六藝之文職
不足以通萬方之略驟蒙異渥拔自稠人叨居侍從之
流間嘗論天下之大利玷處承弼之重每欲報人主之
至恩屬上聖之日躋方羣賢之星拱裁成輔相天且弗
違省節蠲除民用丕變醇法熈豐之治崇起教化之功

雖淺智褊能豈測神心之經緯而比善戮力粗知休命之對揚荐深歲月之淹居積淵氷之懼免於罪戾已推大度之仁奉以周旋曷副疇咨之意此蓋伏遇皇帝陛下廣覽兼聽而盡百王之美翕受敷施而致庶績之凝平章以堯帝之聰明左右以文王之陟降謂灼知厥若孰先已試之求故申命用休益懋同寅之助肆令朽質猥被寵光臣敢不激昂千載之期罄竭萬分之補宣中膚之常政俾延及於羣生詠太平之清風與有辭於永

世乃所願也非曰能之

代都憲謝淮南運使表

備員無補已負殊恩錫命過優復叨劇任揆材弗稱省分知榮中謝伏念臣家世寒微性資巽懦蚤繇射策濫綴官聯幸遇時明薦膺罷使未有涓埃之效自投鈇鉞之誅犬馬微生分已甘於永棄乾坤普施恩猶許其自新俾脫刑書復將使指孤忠自誓雖盡瘁以自公緜力易疲空懷憂而內抱方將丐歸于農畝庶幾獲終於天

年豈意睿私尚加舉拔況茲淮甸寔邇王畿顧轉漕皆通無一粒之不運致兵民咸足有九年之所儲在於臣愚何以堪此此蓋伏遇皇帝陛下廣日月之照推父母之慈勞於求賢靡擇行能之倫醲於用賞不忌衰朽之餘臣敢不祗奉詔條勉循職守雲天在望常懷存闕之心溝壑未填敢後報君之義

代尚書左丞謝轉官表

折衝壓難曾微可紀之功舍爵策勳忽冒踰涯之寵遂

巡罔極跼蹐增羞中謝伏念臣俗系單平性資巽耎少而好學但勤糟粕之餘長則倦遊靡識經綸之旨徒以遭休明之盛世委賤陋之微軀浸蒙特達之知獵據俊賢之後規事建議無補於萬分懷誠秉忠粗堅於一節久負素餐之愧敢希苟得之榮屬茲狂童干我大戮方整貔貅之旅遂空蛇豕之羣豈唯被草木以宣威固已包干戈而偃武蓋聖神默運獨觀乎萬化之源而將相協謀決勝乎千里之外在於蕞爾蔑有稱焉豈期慶賜

之行亦預褒陞之列此蓋伏遇皇帝陛下齊天地之覆載配日月之照臨常公聽而並觀務稱物而平施謂職分統轄雖莫總於兵謀然寄重機衡寔與同於妙筭故賞疑而從予將悅使以忘勞臣敢不仰體睿私俯殫夙夜會四海於一堂之上庶遵長治之規輔明主於三代之隆益厲同寅之義

代閻彥昇謝轉官表

省漕失職宜寘嚴刑宸眷包荒祇從貶秩驚魂來復涕

泗橫流伏念臣遇事無通敏之能守已有專愚之累擢
從冗散浸昌使令未聞毫髮之功徒積丘山之罪頃參
民部荐歷歲華適當異議之從妄意已成之令蠭午並
起欲乘間以紛更雷同相從咸觀利而罔義臣以孑然
之力忘其蕞爾之軀引義甚明竭忠靡避凡章奏之上
二十有餘條至辨論之堅再三而後止獨是銜規之説
迫於簿領之迷雖匪朋邪曾微糾正蓋愚旣殫於千慮
而智終昧於三思分甘贖耄之誅敢冀寬矜之典比蓋

伏遇皇帝陛下光宅天下丕冒海隅醲於用賞而約於用刑記人之功而忘人之過察臣區區自效非苟合以取容憐臣斷斷無他遽踈恩而屈法仰戴乾坤之大益知日月之明臣敢不深省前非愈堅素守拉朽磨鈍儻來效之可圖粉骨捐軀豈天恩之能報

代鮑欽止謝降官表

奉職不稱至有煩言明詔加恩纔從貶秩捫心内訟顧影增羞伏念臣蚤誤宸知嘗蒙器使智謀淺短雖公

爾忘私功效陵夷故動而得謗間由罪籍復盡郎曹假攝去來或暫司於銓綜楗柅姦冒終有愧於詳明追茲拭拔之餘猶負曠瘝之責分甘訶譴敢意寬矜此蓋皇帝陛下大覆堯天廣開湯網信賞必罰既激濁而揚清布德施仁每赦過而宥罪曲憐寒蹇未忍弃捐自詭治民倘尚能於寡悔庶幾晚節初論報於洪私斯言不渝没齒無怨

代發運使謝賜金帶表

摠一方之轉漕方愧非宜錫三品之服章遽叨異數拜
恩而僂顧影增羞中謝伏念臣性異良金家無全布佩
韋以戒每師前哲之規束帶而朝曾乏當官之譽稍從
冗散獲預使令推食解衣盡出聖神之眷佩龜襲紫非
緣門戶之私常懼曠瘝敢逃譏議豈意非常之寵驟加
至陋之軀此蓋伏遇皇帝陛下約束羣才章明庶士寬
以御衆故靡間於微勞賞以勸功遂申加於三錫得子
衣之安吉增使臣之光華施厚身輕才微責重臣敢不

書紳自念斂袵知榮正其衣冠益謹不驕之誠副是腰
腹庶幾為善之言

代外任謝日歷表

君子治歷明時式謹王正之度太史守典奉法度遵月
令之文乃錫新編用循故事中謝臣聞順帝則者聖人
之德授民事者王道之原堯咨羲和以釐百工舜用璣
衡以齊七政皆推明於象數以召致于休祥恭惟皇帝
陛下睿智通於神明廣大同乎覆載風雨時若固無謬

戾於陰陽舟車所通孰不奉承於正朔考天地四時之
極會日月五星之辰著為成書頒之外服臣敢不布宣
於上德用以訓戒於邦人春斂秋耕重識務農之義夙
興夜寐益存愛日之心

代謝生日禮物表

王綸載錫俯矜顧復之初臺餽有加曲示眷私之渥覥
顏罔措感涕奚勝中謝 伏念臣奮迹孤年逢辰休顯修
身謹行居懷欲報之心憂國忘家更屬可移之義浸冒

綱維之選塞叅帷幄之謀雖淺智褊能莫效三年之績而隆恩博施尚收一日之長逮兹生育之辰方抱劬勞之感豈圖異數存軫淵衷此葢伏遇皇帝陛下恕以及人醲於用賞未賜空餐之責每垂推食之仁靡瞻靡依寧復甘旨之奉既醉既飽願殫夙夜之勤

又代謝生日禮物表

使華倏降仰奉明綸臺餽旅陳俯光初度拜嘉有靦攬涕奚從中謝伏念臣生奮寒鄉出進盛旦用過其量每

虞覆餗之羞食浮於人詎免代檀之刺碁冒持綱之寄居纏陟岵之悲移孝事君雖勉承於殊遇竭忠奉國曾莫效於遠謀敢期載育之辰猶軫至仁之念此蓋伏遇皇帝陛下道均覆載禮洽臣鄰常推善貸之心務滿屬厭之腹痛深創鉅豈知食稻之甘德厚恩隆尚喜嘗羹之遺

又代謝生日禮物表

隆恩所逮增賁初辰厚意是將肆頒異數拜嘉甚寵撫

賛奚堪中謝伏念臣旋愧華腴才非秀穎蚤悟簞瓢之樂晚叨廩餼之優父教之忠已後劬勞之報母取其愛尚伸孝養之榮身陪機務之繁居閲歲華之積罪固多矣方懷覆餗之虞德莫厚焉每喜嘗羮之遺此蓋伏遇

皇帝陛下禮備養賢仁先育物必申加於飫賜將誘責其遠謀馨爾殺而潔爾羞況仰承於錫類醉以酒而飽以德顧俯鑒於屬厭

又代謝生日禮物表

閤史書時永念設弧之始饔官致餼欽承出綍之頒焜燿有加凌兢夫措中謝伏念臣生而固陋少也賤貧挾策讀書雖靡同於學禮居官任職寔皆本於教忠會逢上聖之龍起預象賢之列陳謨無取空慚祿祿之稱守節不渝但識尊尊之義敢意匪頒之典猶形慰謝之言比蓋伏遇皇帝陛下覆育羣生恩憐近弼禮厚千鍾之賜褒踰一字之榮祿弗逮親已負終天之恨身唯許國益堅皦日之誠

忠肅集卷上

忠肅集卷中

宋 傅察 撰

啟

賀太宰啟

伏審命出中宸名登上衮千齡際遇注帝意以彌深九次臚傳浹民情而共慶恭惟騅慶竊以文昌之職庶政實為喉舌之司僕射之長百僚時迺腹心之寄粵聖神

之御宇酌古昔以經邦肇新相府之聯增峻台躔之望
官不必備久虛位以詳延道之將興宜異才之間出伏
惟某官學窮精奧識探幾微下筆屬文煥發羣言之藴
圖事揆策規恢億載之基進陪熙洽之辰徧歷髙華之
選周旋三省密勿九年稽前聖之典謨益見大儒之效
練本朝之制度獨髙舊德之名下逮此疇咨果膺爰立
昔蕭曹漢之賢相務清淨以寧其民若房杜唐之良臣
亦彌縫而藏諸用佇推斯道以福吾人則名譽垂於無

窮而奸邪為之不起曾是庸虛之質夙叨庇賴之私三后協心尚覿迓衡之治百官承式頗輸徯志之勤

賀尚書右丞啟

伏審顯奉殊恩入參大政側聞渙號俯慰輿情惟上聖之端臨當英豪之並進左右輔弼如衆星之拱北辰上下歡欣若巨魚之縱大壑迺眷文昌之重寄尤資樞憲之得人廓帝紘而恢皇綱彌綸於政本謀王體而斷國論斟酌於化原自匪名儒曷膺茂典某官稟淳明直亮

之德賦瓌偉博辨之才窮六藝之淵源臻乎道奧漱百家之腴潤驅於筆端出逢熙洽之辰薦被高華之選紬書册府削草諫垣瑣闥雍容雅有回天之力霜臺慷慨凛然憂國之風旋躋内相之榮俄易地官之長雖藉研桑之心計復思嚴樂之筆精逮再直於禁林遄獨承於淵旨令聞令望為多士之表儀嘉謀嘉猷作本朝之龜鑑果茲超拜允協僉俞元首嘉股肱之良大厦得棟梁之助方將與臯夔稷契共成堯舜之功豈特俾魏杜戴

劉罔專唐室之美益昭賢業永輔明時某嘗辱衮褒屬茲匏繫庇身有地始知厦屋之帡幪播物無垠顧預大鈞之块圠其如欣躍實倍等倫

賀户部尚書啟

伏審趣頒名節誕布除書任劇六曹實總萬方之計位隆八座密毗二府之聯凡在見聞率同鼓舞恭惟某官學窮宏奥識洞幾微以慷慨憂國之心蚤膺簡任以經綸佐時之畧茂著猷為才無大而不周事雖難而必濟

自播學宮之譽旋躋郎省之華出總使權最善朔方之政入持荷槖尤高省户之功粤陞秘殿之隆遂畀帥垣之重報三月之政果膺仄席之思賜十行之書亟奉造廷之對迺眷地官之長允資心計之優必使不益賦而用饒庶幾有餘財而頌作然後入登於近弼盖將永輔於休辰輿頌所期斯言可必某稟生至陋蒙眷甚深雖噓枯吹生每借揄揚之賜而搦枯磨鈍難追英俊之游側聆出綍之音猶動彈冠之喜青蠅之飛數步敢忘意

於絶羣鷦鷯之巢一枝願永依於餘蔭

賀内翰賓客啟

伏審參謀猷於内相密承當宁之知職調護於東朝榮被出綸之命傳聞四遠欣愜一詞恭惟睿聖之臨朝顧隆國棟迺眷元良之貳體肇建皇儲淵乎鶴禁之嚴倬彼龍樓之輿入有師而出有傅謹擇於宫僚見正事而聞正言尤資於友益是以取象於四皓於以增光于重離宜得真賢來膺茂典伏以某官圭璋挺器杞梓呈材

興學鈞深窮淵源於子夏髙標暎世瞻模楷於李膺久持荷槖之華薦直鑾坡之秘載頒睿渥入備延賓陳賈誼之言固欲輔成於道德草王褒之詔豈惟娛玩於文辭某夙荷殊私久依大庇望風引領徒勤燕賀之情承顔接詞莫遂覔趨之願其如欣頌實倍等夷

賀舍人詹事啟

伏審鳳閣清華密簡淵衷之眷龍樓輿秘榮兼端尹之崇遐邇傳聞士夫欣頌永惟建國之本孰先主器之良

雖岐嶷挺乎生知而溫文資乎幼學欲明道術智誼之
指日就而月將必擇左右前後之人繩愆而糾謬宜得
端士迺允僉言恭惟某官雅量澄波高標峙岳淵源奧
學黜惠子之五車博極洽聞陋張侯之三篋言語妙乎
天下名聲重於朝廷雍容西禁之嚴參總東朝之務太
宗之用李勣雖暫屈於階資劉憲之事明皇欲留意於
經籍載稽盛德宜掩前聞某遠託餘光夙叨末契覩絲
綸之誕布徒傾賀廈之誠瞻敦著以非遥莫遂趨風之

便其如抃躍難既敷宣

賀虞純臣户部侍郎啟

伏審經賦中臺紬書藏室宸廷日侍增從槖之光華海宇風傳聳儒林之觀聽恭惟某官受材膚敏造道淵源如延年之安和備詳於諸事若子政之洽浹博綜於羣書外徧總於使權中再直於憲府名聲籍甚功效卓然自擢貳於王城亟超登於卿寺建兹異數盡出深衷節制度以阜民財暫煩於心計摛文華以緯國典更賴於

筆精佇膺仄席之求遂正秉鈞之拜某登門最晚處世
多奇雖感慨激昂思稱眷存之意而棲遲困抑莫陪英
俊之游側聞出綍之恩猶動彈冠之喜鳳皇翔于千仞
方為瑞於明時鷦鷯巢于一枝願永依于巨庇

賀光禄卿啟

伏審肅承中詔寵陟正卿睿眷方隆姑詳試於衆事貴
名增重實大慰於羣情恭惟某官雅性内融清猷濬發
議論忠直有愛民憂國之風道術通明有博古練今之

學居皆可紀去必見思昨進總於漕臺旋入毗於京邑
坐覩浩穰之治載觀盤錯之能逮茲三遷曾不累月蓋
功多賞厚宜蒙優渥之恩而官顯職閑佇膺侍從之選
引領以冀斯言不諛

賀曽叔夏除秘書少監啟

伏審顯承制檢榮貳書林在於見聞孰不欣快惟國家
廣右文之化故圖籍盛中禁之儲凡居三館之流必極
一時之選矧典領於庶事將模楷於羣英非博物洽聞

學總萬方之畧而成德懿行身兼數器之長昌穆師言用當造眷某官造顏閔之極摯窮游夏之淵源謝琨風華宜居第一壽王智畧可謂無雙蚤自著於明時遂擢登於要路詞人墨客爭諷新章東觀南臺共傳妙譽逮出將於使指旋入賛於國師摛筆見重于青宫剖竹屢移於阜蓋方倚濟民之術俄興將母之思直館燕居雖鬱搢紳之望親庭色養幾忘軒冕之榮果膺側席之求亟奉賜環之寵太宗下德音之詔蓋賴振於高風九齡

草渤海之書豈特稱於雅度竚聞異渥超寘近班某頃託帡懞嘗叨盼睞望風引領徒勤燕賀之情承顏接詞莫預鳬趨之列永言悃愊難旣敷宣

賀祝幾叟除軍器監啟

伏審顯膺中詔擢據要津恭惟慶愜竊以某官厚德鎮浮髙標映世兼求賜之達藝窮游夏之淵源發藻儒林含香禁省登車攬轡瞻孟博之威稜輓粟飛芻陋弘羊之心計較然課㝡簡在宸衷逮兹緜檢之頒果奉蒲輪

之名眷推五監實次六卿方朝廷尊榮人咸知於重內
矧國家閒暇政尤急於除戎行聞晝接之餘遂席從班
之列某誤叨眷獎久竊庇庥承顏接辭莫遂延賓之列
望風引領敢忘執御之儀

賀王元将左司啟

伏審顯被詔除榮聯宰屬傳聞四遠欣愜一詞惟神考
之大猷參前王之成憲方熙寧厲精於政本肇新檢正
之員逮元豐董正於治官始建都司之目上承二轄下

總六曹任遇益隆每補侍臣之缺諮詢所賴常參丞相之謨自匪名流曷諧僉論某官清標濬發雅性内融學博綜於羣言文咸工於衆作居官可紀藹然良吏之風見義必為展矣仁人之勇果動中朝之譽寖階上宰之知紬繹圖書校讎秘典繼奉薦延之寵密承親燕之間寤意一言已布褒賢之旨隨機獨誦尤高達禮之聲載簡淵衷用頒渥澤如元衡之詳整詎止於三遷若方進之通明寧淹于旬歲佇聞善績趨寘從班某蚤接高標

謬蒙深眷抗塵走俗誰憐范叔之寒引領望風竊效貢
公之喜永言悃愊難繼敷宣
賀虞純臣監察御史啟
伏審顯奉明綸入參憲府士夫交慶遠邇同詞惟上聖
之保邦掩前王而圖治練羣臣而核名實既大正于官
邪揚鴻烈而章緝熙將生清於政本眷茲風憲之地實
為耳目之司賛論議於臺中必得通達之士振紀綱於
轂下尤先亮直之才恭惟某官氣鍾河嶽之靈性挺圭

璋之美柔不茹而剛不吐事可法而容可觀溢於文辭蔚若嚴徐之辨藝于政事綽然求賜之賢傳王謝之風流被洪寬之緣飾進由德選結自主知攬轡觀風豈特詳求於吏治褰帷問俗固嘗博究於民情夙推刺舉之明藹擅平反之譽然肅傳之意雅在本朝而谷永之心嘗存省闥果膺睿渥擢據要津名聲重於一時風采聞於四海涉赤墀而登文石密奉于清光歷金門而上玉堂佇超躋於法從某屬拘官次莫造賓閎傾頌實深敷

陳周旣

賀虞純臣復監察御史啟

伏審王廷錫命方假虎符帝宸記功復還烏府幾叨眷奬舉集欣愉恭惟某官道術通明議論深博被服周孔之訓淵源游夏之文以仁義而事君蓋無施而不可用儒雅而飾吏故所臨而有聲頃自南臺出居直館旣屢更於歲律實大鬱於輿情果奉明綸言歸舊貫盡出聖神之獨斷曾微左右之先容矧知六察之聯分糾百司

之謬明目張膽將振舉於朝綱褒德錄賢竚超登於法從某辱知有舊稱慶無從瞻紫詔之優隆徒勤頌詠顧青衫之牢落永識依歸

賀陳國英領事啟

伏審疏恩中禁領職合宮凡在觀瞻孰不欣快惟聖有作與天為徒參稽三代之文祖述九筵之制臨朝聽朔獨觀乎萬化之源考古建官分命以四時之事豈特謹陰陽之端而明庶政固將協終始之序而熈百工非時

之髦不預茲選恭惟其官躬禀淳明之質素兼通敏之才學必造於淵源行不踰於閫域蚤膺甄拔丕著猷為蘭省陞華蔚然高績琳宮就佚藉甚休聲密承堯舜之知擢貳羲和之政上泰階之政方賴於明謨登赤墀之除竚躋於法從其夙叨盼睞阻奉光儀側聆綸綍之頌但切門闌之慶

賀周文翰除待制提舉醴泉觀啟

伏審簪筆持橐榮躋侍從之聯就日望雲密奉清閟之

燕遂留直館以便告猷綸綍既行搢紳胥慶恭惟其官
繼韋平之經術傳王謝之風流孔鯉過庭嘗聞學禮狐
毛能仕蓋本教忠方賈誼之少年若馬周之素宦藉甚
漢庭之譽炳然蕭葉之光未膺傳野之營求久嘆周南
之留滯明珠無纇掩萬仞以輝騰勁竹有根貫四時而
挺節坐更二紀歷事累朝卻縠之敦説詩書嘗先於謀
帥黃霸之奉宣詔令尤長於治民逮茲千載之逢適契
一言之寤緬懷先正夾輔前人是為社稷之臣豈特棟

梁之用啟金縢之策既彰姬旦之勲列麟閣之圖復冠霍光之右特書典冊永勸臣工始知天網之無私終見相門之有子載頒新渥式寵世臣峻内閣之清班總列仙之秘宇楓宸備問已符丹扆之思賢梅鼎調元佇席青氈之圖舊某夙叨末契嘗辱殊私瞻紫詔之優隆徒勤頌詠顧青山之牢落竊有依歸

賀陳國珍集英脩撰啟

伏審疏思中禁就佚真祠冠書殿之隆名參曲臺之鉅

典綸言始布輿誦交歡矧叨河潤之恩尤切廈成之慶惟國家享巍巍之治海宇盛郁郁之風謂建功之路益多而盡職之稱尚寡嚴褒序之法既增設於九尊資論譔之官復肇新於三等自匪傑出之士孰膺超授之榮某官雅性內融清標濬發柔不茹而剛不吐事可法而容可觀博通前古之宜練達當今之務出逢熙載擢寘要津精敏之才譽高華省淵源之學望重合宮載簡清衷果頒異數方將休息乎篇籍之圃翱翔乎禮樂之場

遂登禁近之聯用席公台之路顧如弱植早接高標引領望風深結摇搖之志裁緘寫抱徒殫軋軋之辭願以微軀永依巨庇

賀留守大資再任大名啟

伏審光膺寵渥顯錫命書陞秘殿之崇資壯留都之重寄伏惟慶慰恭以某官智周物表學優域中博通前古之宜練達當今之務世載令德獨映明時自結清衷薦更劇任進擢地官之長並兼天府之繁總綱紀於中臺

號魏杜戴劉之稱職贊機衡於西省有臯夔稷契之嘉謀逮奉詔於中山益流聲於外閫迺睠北門之巨屏實惟全魏之要津控强敵之咽喉繚洪河之襟帶疇咨元帥允藉壯猷布惠頒條善政亟成於五月折衝制勝威稜遠震於殊方確乎柱石之姿隱若金湯之固浸更歲律大鬱師言蓋對揚王休雖久佇弼諧之益而徒得君重故尚勤綏御之方用峻隆名肆頒異數載懋優賢之禮式昭體國之忠民吏均歡不改旌旗之舊士夫竊頌

行同衮爲之歸惟是孤蹤久陶大冶覩絲綸之誕布徒勤燕賀之誠瞻屛著以非遥莫遂鳧趨之願其如欣忭實倍等倫

賀留守太尉啓

伏審授鉞齋壇誕布絲綸之寵分符留鑰出當屛翰之雄凡預眷存舉深欣快恭惟某官受天地之氣禀河嶽之靈窮六藝之遺文臻乎道奥漱百家之芳潤驅於筆端蚤逢特達之知亟踐髙華之選挺然勁節竦聞異域

之中藉甚英聲夐出本朝之右粤自北樞之宥密遂參西省之幾微禦侮折衝威制百蠻之命贊元經遠規恢萬世之功去國十年秉心一節雖艱難之備歷曾肯綮之未忘果膺黼扆之思亟被鋒車之召賜便殿之對密承三接之恩新秘殿之名欽奉十行之詔永懷舊績載舉徽章式嚴上將之儀增重北門之寄宸心允屬海宇具瞻大纛高牙暫煩於卧護元袞赤舄共佇於遄歸益隆千載之期永輔三皇之治某夙叨盼睞嘗辱品題徒

勤賀夏之誠阻預曳裾之列其如欣忭實倍等倫

賀梁才甫建節再任大名啟

伏審誕敷制冊寵建節旄嚴上將之威儀仍陪都之管鑰凡叨顧遇舉集欣愉竊以漢命師徒實重將軍之寄唐分方鎮始知節度之名粵我治朝參稽往制非耆德宿望均體股肱則元功盛勳任國柱石方奉揚庭之號用膺賜鉞之榮恭惟某官外傅而內融識周而道遠身履衆善兼孔門之四科世載令名繼虞庭之八凱蚤值

千齡之會每殫一節之誠用無施而不宜事雖艱而必
濟入参大政璧蕭曹丙魏之謀謨出殿名邦著名杜龔
黄之善最進退有度夷險莫渝自稱佩於麟符既屢頒
於鳳詔裴度未老久卧鎮於北門申伯于蕃宜圖居於
南國亟奉齋壇之拜益隆岩石之瞻大纛高牙方折衝
於樽組元袞赤舄佇遄歸於廟堂某久辱眷憐屬兹拘
窘未遂掃門之願徒勤賀廈之誠

賀徐帥以宫使名啟

伏審顯膺帝綍入覲王庭賢人在朝自厭無形之難聖王求舊方圖不世之功成命一行歡言四布恭惟某官德推國器學擅儒宗以經綸兼善之才自結當宁而承平極治之世薦據要津論不詭於聖人議有益於天下內膺丞轄建教化而圖安危外總帥垣敦詩書而說禮樂雖艱難之備歷曾肯綮之未嘗志在憂民故居皆可紀忠唯憂國則知無不為英俊所以慕義而心降姦邪為之望風而膽落確爾柱石之固凜乎霜雪之嚴暫從琳館

之優亟奉鋒車之名造明朝而承聖問密賜清晏之間好忠諫而悦至言極陳治安之策然後茂敷於寵典遂將永冠於元鈞某蚤被眷知屬拘官次情同巢燕方希大廈之成困若鮒魚行冀西江之決其如瞻頌難罄敷宣

賀張師于除運副啟

伏審顯膺宸眷出總漕權恭惟慶慰竊以列土分城朔部實本根之地秉軺建節外臺為耳目之司矧當富庶

之期尤重轉輸之寄將以佐大農之調度必能通萬貨之盈虛苟非其人不預茲選伏惟某官高風邁往厚德鎮浮知無不為既薦更於劇任忠而能力蓋自結於淵衷藹如譽望之隆卓然功庸之茂眷茲北道昔仰使華劉晏之才恥粒食之不運桑羊之智獨心計之無垠固嘗博採於民風豈特周知於吏治逮再頒於明命益下聳於歌謠朱博駐車衆共驚於決遣范滂攬轡志雅在於澄清佇聞奏課之優遂陟從班之峻某區區晚進碌

碌諸生閭里相逢蚤有登門之舊㤺懞所逮敢伸賀厦之誠

賀沈和仲除秘閣脩撰陞運使啓

伏審就遷使指加寵書林綸綍始頒搢紳胥慶竊以内閣論撰之職密亞從班外臺轉輸之權㝡稱劇任必才德之俱備與資望之素隆乃奉明敭併膺異數恭惟某官嘉猷經世敏識造微博通前古之宜練達當今之務會逢千載自結九重含香握蘭譽高郎省飛舄輓粟坐

給邊屯固已致萬箱之盈豈特有三年之委造明朝而
承聖問深契於淵衷褒有德而報厥功薦推於茂典顧
惟朔部久仰威稜竚聞盤錯之虛載布澄清之化遂躋
宥密以席公台某頃伏下僚嘗叨外舉望風引領但勤
賀厦之誠承顏接詞方阻登門之願其如歡忭難罄敷
宣

賀沈和仲運使陞右文啟

伏審密承睿渥光奉寵章就陞書殿之華增重計臺之

寄凡叨盼睞咸集歡愉眷上聖之端臨方羣才之並進屬世磨鈍肇新優美之名褒賢顯功馴致侍從之列恩榮昭異序進惟艱恭惟某官河嶽炳靈圭璋特秀淵源之學映照儒林卓犖之才羽儀仕路入踐郎曹之要出分使節之光嘉績藹然休聲藉甚入躋册府移總漕權中宸寶秘之儲内閣論撰之職繼膺妙選益簡清衷屬貢教之聿興革靡風之方熾明詔屢下嘗恐斯人之未孚碩畫既陳坐致列城之丕變果動冕旒之聽亟聞綸

綍之頒歷金門而上玉堂佇還登於近密攀臺階而窺
紫闥遂進輔於休明某頃伏下僚謬蒙深眷困同斥鷃
但騰躍於藩籬志共鷦鷯願翺翔於樑棟

賀除直秘閣陞運副啟

伏審黼扆酬勲絲綸錫寵就擠榮於秘職仍增峻於使
權凡叨河潤之恩咸集厦成之慶惟國家推右文之化
眷圖籍盛中禁之儲倬彼東壁之躔煥乎羣玉之府旣
得殫見洽聞之士紬繹其間又俾抱功脩職之人光華

於外自非遴選曷副僉俞恭惟某官酌道德之淵源漸禮樂之腴潤學優而仕行孚而名自著明時薦更劇任登車攬轡瞻孟博之威稜輓粟飛芻陋弘羊之心計將使有餘財而頌作豈特不益賦而用饒逮茲歲月之淹益簡聖神之眷肆頒異數允答殊功民吏均歡適契借留之願士夫竊頌行聞趣召之恩某嘗辱品題屬居官次莫遂門闌之慶敢忘尺牘之脩

賀沈羅使除直秘閣賜金紫啟

伏審入簡宸衷出膺綸告書林寓職載昭稽古之功命服表容益茂崇賢之典傳聞四遠欣愜一詞眷睿聖之敷文操爵賞以勵世由内及外咸歡於工師惟器與名每難於授受況麟閣極一時之選而金章著三品之儀偉寵數之兼隆實士夫之榮遇恭惟某官嵩高毓粹昴宿騰輝酌道德之淵源卓爾儒者之效漸禮樂之腴潤充然君子之容蚤結綬於學宫薦含香於計省登車問俗既頒政於六條廣粟備邊遂紓憂於九歲方馳誠於

魏闕俄奉宸於甘泉三接對揚望清光於咫尺十行誕
布頒異渥之便蕃内聯英俊之躔外煥皇華之節賜郭
賀之黼黻秩物斯隆褰賈琮之帷裳澄清允洽風采聳
聞於天下名聲益重於朝廷席是休恩竚聞趣召石室
金匱紬書還簉於芸臺金馬玉堂簪筆亟持於荷橐顧
如愚朽竊仰庇庥承顔接詞莫趨賔廡望風引領徒激
歡悰

賀提刑啟

伏審錫寵中宸宣威甸服綸言誕布輿論交欣眷大明之保邦歌皇華而遣使化自近始先畿内以觀風澤欲旁流俾方垂之作則共厎措刑之盛尤高執憲之權議獄釋寃賴平反於次骨督姦懲惡資决遣以如神茍非傑異之才曷副詳求之意恭惟某官高標峙玉雅量澄波家傳王謝之風流學富韋平之經術蚤陪熙運亟據要津出分朔部之憂增重外臺之寄眡歲時而斂散民忘艱食之虞闢耳目以澄清吏盡竭情之報風采聳於

天下名聲重于朝廷卓然課寂之休允矣淵衷之眷謂緣人情而制法固非俗吏之為若傳古意以決疑必有儒者之效故玆褎擢式協都俞瞻華闕之苕蕘方趣裝而首道望清光之咫尺佇前席以疏恩獨憐策蹇之愚幸遇登龍之末敢同燕雀聊申賀厦之誠願與兒童共致攀轅之戀其如欣忭實倍等倫

賀林德祖提學啟

伏審光奉宸恩寵將使指綸言誕布輿誦均歡恭惟其

官松柏挺資圭璋成器無雙流譽獨高荀爽之八龍累百論長蚤擅禰衡之一鶚休息乎篇籍之囿翱翔乎禮樂之場窮言偃之淵源陋賈山之涉獵賢關擢秀朝路陞華絳帳崇儒暫淹鱣席青氈圖舊宜集鳳池果被薦延亟頒渥澤入對清閟之燕出分刺舉之權效孟博之澄清此其時矣瞻李膺之模楷竊有竢焉其承學謏聞抗塵冗吏厦成燕賀已紓巢幕之憂林茂鳥歸終冀栖枝之樂永言欣躍實倍等夷

賀提學察院啟

伏審宸衷錫寵誕膺褒詔之榮吳會觀風復被皇華之選傳聞四遠欣愜一詞恭惟某官杞梓呈材圭璋在篋蚕絲射策擢秀賢關自致明時陞華要路紬書東觀咸推良史之才執憲南臺雅擅直臣之譽逮出分於使指方遠布於教條攬轡澄清已肅范滂之志下帷講誦猶傳董相之經眷茲綸綍之班益聳搢紳之望雖地分二浙資領袖於百城而途徑上都佇對揚於中禁遂躋從

槖永輔昌圖某晚學微生備員下邑披雲有幸嘗叨游霧之恩窺豹何知徒切攀轅之志欣然兼極數述奚殫

賀提學博士啟

伏審光奉宸恩寵將使指除音始布已傾多士之心德望所臨實聳列城之聽恭惟某官圭璋挺質杞梓呈材下筆屬文仲舒本淵源之學潛神默記孟堅推通敏之才夙高絳帳之名薦中青錢之選浸承睿渥進秩賢關妙擿六藝之文覔出諸儒之右眷齊魯之奥境有孔孟

之遺風方國家明道德之源而郡縣謹庠序之教峩冠博帶競集於儒林揭節乗軺宜資於德器果被光華之選出分剌舉之權拂霧披雲孰不快於先覩褰裳負弩方幸厠於前驅瞻悵之勤顛沛于是

賀梁方甫知青州啟

伏審簡宸眷之優隆奉聖書之温厚起從散地還畀名藩遐邇傳聞士大夫鼓舞恭惟某官人倫凖的帝室棟梁出入周衛之中從容廟堂之上鳳池經體藹然丙魏之

聲麟鑰承流卓爾龔黃之政頃坐單辭之誤薦貽左授之辜仲華遽縈悴之文子文無喜慍之色撓之不濁仰之彌高果軫睿慈亟頒渥澤慰藉甚厚毗倚增隆眷茲海岱之邑尤先嶽市之寄俗潤達而多智吏舒緩而養名太公始封務行平易之化曹參為相亦隆清淨之風欲詒令之究宣俾羣黎之悅服則其謀帥實重得賢吉甫文武之才萬邦為憲申伯柔惠之德四國于蕃暫偃息于鈴齋佇還登於鼎鉉其夙叨末契嘗辱薦書瞻綸

命之既頒喜深鼂藻仰台躔之方渙終托陶鈞引跂門墻神魂飛越

賀徐澤之換延康知汝州啟

伏審宸衷眷舊綸告敷榮新秘殿之隆名鎮臨汝之輿境傳聞四遠欣愜一詞恭惟某官勁竹有筠明珠無纇達求賜之政事師游夏之淵源持轄凝丞擅戴劉之美譽承流屏翰追名杜之遺風道易地以皆然才何施而不可仕無喜而已無慍忠貫子文撓不濁而澄不清量

包叔度心常存於省闥意雅在於本朝退處真祠出麾
便郡徒得君重簡在帝心薄淮陽之行寧久煩於卧治
肖傅巖之夢固非待於旁求佇看賜環即叅調鼎某昔
叨掾屬嘗辱褒嘉瞻鳳檢之優隆徒勤燕賀想龍門之
容接莫預鳧趨

賀鮑守啟

伏審中禁疏恩左符出守方趣裝而首道已懽誦之載
塗恭惟其官雅量澄波高標峙玉傲墳典之場圃游道

徳之平林奥學醇師窮淵源于游夏懿文華國粲麗藻于班揚自著明時擢登要路飛芻輓粟外總使華含香握蘭入參省闥休聲藉甚明效卓然暫均逸於琳宮俄思賢於黼扆弱翁方且大用治行蓋已深知長倩雅在
本朝政事欲其詳試乃眷廣平之望郡實惟河朔之奥區俗雜燕趙之風分當昴畢之野徒得君重卿資游刃之才對揚王休行被賜環之寵其夙叨末契嘗仰餘光林茂鳥歸幸將依於巨庇廈成燕賀喜實倍於衆人

賀通判朝奉啟

伏審顯奉帝恩同宣王化方趣裝而首道已騰誦之載塗恭惟其官仁本天資忠繇世躋身端行治蚤推南國之英功著職修久動中朝之譽果被出綸之命來分半刺之權題仲舉之輿既膺妙簡展士元之驥宜有宏規固將大慰於羣情然後亟躋於要路顧惟弱植竊伏下僚披雲霧而覩青天佇高標之是仰侍門庭而操紱篲想至德之可師欣頌交深敷陳罔既

賀林德祖除府司録啟

伏審顯奉帝恩榮參天府傳聞所暨欣愜攸同眷上聖之
保邦繼先猷而創制謂神州首善巍巍萬乘之居而睿澤
旁流翼翼四方之極並建掾曹之任總領紀綱之司奉令
頒條密賛百司之化繩違糾滯中分一府之權蓋其官
顯而職閒故必才高而望重副兹遴選允屬名儒伏惟
某官輿學醇師清忠奕世深明經旨久下仲舒之帷默
纂聖謨嘗給相如之札頃繇泮水擢領外臺攬轡宣威

既周知於吏治攝齊問道方大振於儒宗卓然治行之優籍甚士夫之謦逮還朝著式簡淵衷果聞綸綍之頒深慰輦轂之望步赤墀而登文石佇入對於清光闚紫闥而攀台堦將盡攄於素藴某辱知有舊稱賀無從延跂門闌徒勤方寸

賀徐帥啟

伏審光膺宸眷寵錫命書名兼秘殿之隆地列東藩之重側聞字號實允僉言恭惟某官道術通明行能高妙

伏顏閔之軌躅窮游夏之淵源簡在清衷進躋顯仕謀
王體而斷國論謨先聖之大猷擴帝紘而恢皇綱致至治
之成法休聲籍甚明效卓然蠢茲海岱之區實為嶽市
之寄俗闊達而多知吏舒緩以養名太公始封務行平
易之化曹參為相亦隆清淨之風欲詔令之究宣使羣
黎之悅服則其謀帥尤在得人望之聊試於臨民張敞
素長於治劇激貪厲俗高風已震於百城布德施仁善
政竚成於五月復被絲綸之寵亟居鼎軸之崇霈澤生

民懋昭賢業其晚生盛世夙仰鴻名大袖褒衣獲預掾曹之列輕裘緩帶將瞻君子之威歡抃之誠敷陳曷既

代賀鄭太宰啟

伏審誕膺顯册還冠上台固執禮經屢上終喪之請雖回審斷嗣聞明詔之頒凡在陶鎔率周鼓舞竊以人子之達孝在於揚名而顯親大臣之致身固將忘身而憂國房喬為貞觀之良弼嘗賜策而起官曲江當開元之盛時亦奪哀而命相眷惟上聖方闡大猷念守文之難

必資同德顧注意之重獨冠羣賢葢天下不可一日去
公則君子寧俟三年之制恭惟其官學舉六藝才兼四
科確乎柱石之資卓爾棟樑之任蚤出逢於熙運俄徧
歷於要津職典樞機載陪國論坐運籌策遠暢皇威遂
符夢卜之求即正鈞衡之拜有非常之士能立非常之
功建無窮之基亦有無窮之學方倚濟川之助遽罹陟
岵之悲罔極之報雖深仰成之眷彌切趣襄窀穸之事
繼頒賵賻之恩參攷前規遄歸舊貫制恩以義非有衣

錦之嫌移孝為忠久副虛席之待方將詢封禪之事而
廣符瑞之徵豈特垂仁義之統而創道德之塗伊尹之
享天心咸被堯舜之澤周公之相王室誕保文武之功
益膺黃髮之祥永作蒼生之福某斗筲小器樸樕散材
披雲霧而覩青天曩嘗聞於謦欬侍門庭而操紱舊久
絕望於音塵阻陪班謁之儀竊動彙征之喜

代賀太宰遷少師啟

伏審策勲石室進秩槐庭弼予一人增峻代天之任通

于四海具瞻相國之尊恭惟其官識造幾微學窮繫表獨執魁柄運量羣生默化陶鈞協和衆志休息詩書之府翱翔道德之林彌綸列聖之猷裒舉舊章之懿謂稽方策之布惟文武之同符然辨典謨之篇蓋堯舜之繼踵允資鴻筆克正宏綱肆申秩之載新曾歲時之未久文直事核豈惟配太史之書體大思精固已陋蔚宗之作歡連九廟慶浹萬邦果奉殊恩亟頒明命密拱重熙之運永昭垂範之光某夙荷眷存方深庇賴仰棟隆之

吉知注意於賢賢陪鼎輔之良敢竭心於賛賛其如抃躍曷既敷陳

代都仲憲賀少宰啟

伏審誕布策書延登揆路士夫交慶遠邇一詞眷上聖之保邦稽前王之圖治用賢人而行善政將坐致於殊休褒有德而賞元功以寵昭於異數自非學窮閫奥識造幾微通於時用之宜明於王事之體下可以厲羣臣而厚風俗上可以順四時而理陰陽則何以協賛天工

緝熙帝載總百官之職遂萬物之宜果得真儒來膺茂
典恭惟其官深誠許國直道事君出入累朝周旋衆務
休聲茂實夙推公輔之才遠略壯猷久藴經綸之志險夷
自信終始不渝肆名節之初傳實儒林之後望造明朝
而承聖問默契淵衷好忠諫而悅至言載登舊德粤繇
直館擢貳西臺嘉績藹聞貴名增重薦頒帝制進秉國
鈞方將謀謨帷幄之中端委廟堂之上明好惡而定去
就興教化而省禁防誦詩書之言施于有政興周名之業

傳之無窮其早辱知憐獲依庇賴奉法承令方逃失職
之誅引領望風莫遂造門之請其於欣誦曷既敷宣

代都仲憲賀何相啟

伏審錫命王庭躋榮宰席貢賢登用均萬類以蒙休明
詔初傳浹輿情而共慶惟昔用人之謹莫如論相之難
非惟寵冠於當時以昭異數必使道侔於前哲乃允具瞻
恭惟其官識造幾微學窮閫奧寬大好禮久推公輔之
才沉厚有謀夙藴經綸之志屬聖人嗣承於帝統眷名

儒早侍於經帷亟被選掄徧躋華近至言讜論議孰逾舊學之賢茂實休聲迥出羣臣之上遂由選部入贊樞機方注意於勳庸果繼膺於典册方將緝熙帝載弼亮
皇猷端委廟堂雅望儀型於百辟謀謨帷幄威名振耀於殊鄰光輔聖時茂昭賢業其遠將使指阻造鈞閎側
聞綸綍之頌益賴忭懽之賜傾依之素敷述奚殫

代都仲憲賀侯樞密啟

伏審顯奉殊恩入參密命側聞渙號寔允僉言惟睿智

之有臨選英豪而並建明安危於廟堂之上獨親萬化之原運籌策於帷幄之中決勝千里之外宣昭政事煇燿威靈宜得真賢茂膺寵典恭惟其官篤厚有智廉潔無私學窮游夏之淵源德伏顏閔之軌躅嘉言讜議早承當宁之知茂實休聲迥出羣臣之右果擢參於兵政以進秉於事樞方將說禮樂而敦詩書坐制四夷之命重國家而尊社稷遠同三代之風永保榮名益攄素藴某屬將使指阻造鈞閎承顏接辭仰恃眷憐之舊望風引

領徒深頌詠之歌

代都仲憲賀余門下啟

伏審光奉殊恩誕敷明命輟紫庭之樞近居黃扉之清華惟睿聖之有臨掩皇王而圖治旁求俊彥並建豪英揚洪烈而章緝熙以輔成於先志練羣臣而覈名實將協賛於天工謹選股肱之良增重機衡之寄恭惟某官行能高妙道術通明論不詭於聖人議有蓋於天下卓爾公忠之操凜然勁直之風出入周衛之中徧躋華貫

從容廟堂之上久著嘉猷逮茲温詔之頒進貳東臺之政上心允屬物望攸歸擴帝紘而恢皇綱參冢宰之重職謀王體而斷國論侔先聖之大猷澤被生民名垂後世某遠將使指阻造鈞閎任職居官方托庇庥之末奉法承令庶幾罪戾之逃願與生民永瞻至化

代余帥賀吳門下啟

伏審顯膺睿眷誕布除書輟從直館之優入贊東臺之重士夫交慶遠邇同詞恭惟某官識造機微學通倫類

蚤遇休明之運薦登樞近之聯遠略壯猷卓爾經綸之志碩德重望隱然公輔之才出入備更功效益著肆頒異數允答殊勳顧慙衰朽之資謬竊藩宣之寄大鈞坱圠方咸遂於羣生厦屋帡幪願永依於巨庇

代都仲憲賀中書侍郎啟

伏審光奉綸言入參機務真賢用而天下治將均四海之休有德進而朝廷尊實為多士之慶恭惟某官辯智閎達仁愛温良高風無愧於古人雅望久隆於當世北

門待詔陋嚴徐賈馬之文左轄持綱擅魏杜戴劉之美
繼宣勞於外屏復就逸於真祠直道以行嘉猷屢告果
膺睿眷亟降恩書登處俊于朝蓋資遠識任元超以政
豈藉多人方將弼亮天工緝熙帝載建萬世之長策為
一代之宗臣某夙荷眷私屬將使指庇身無地知厦屋
之帡幪運物無私播大鈞之块圠其於欣頌曷既敷宣

代賀右丞啓

伏審欽承詔綍擢貳政機大厦方成朝廷增重洪鈞所

播海宇蒙休竊以黃帝宏天道以明民風后協吹塵之契
高宗師古訓以建事傅說膺肖象之求葢君臣之遇合至
難然天人之變通無間惟精神之運默得於萬物之先
故政化之隆終成於千齡之會亶復昭於盛事宜間出
於異人恭惟某官學窮六藝而發為典麗之文才備衆
長而養以恢閎之德夙簡宸衷之眷潛符帝賚之祥茂
實英聲雍容徧躋於華貫忠言勁節慷慨思濟於蒼生
時咸徯於經綸士久瞻於領袖果茲超拜益侈異恩方

將超唐虞純風弼迺后於彜憲興周名之遺業揚茂
化於醇醲然後進登上宰之榮永作太平之輔斯言有
證輿誦所同某仰荷眷憐俯深慶賴屬沉簿領遠分刺
史之符願採民謠繼上賢臣之頌

代賀開府相公啟

伏審睿眷酬勲誕揚渙號隆名錫寵增煥具瞻凡叨坱
圠之恩咸集忭懞之慶竊以將相之器兼乃中外之權
極文武之選於一時等威儀之多於三事苟匪社稷之

衛孰為邦家之光恭惟某官冠冕儒林棟梁帝室學造
六經之奥行包九德之純出入三朝陳萬世之長策雍
容三府凜一代之宗臣授節齋壇領祠真館折衝枕席
之上運籌帷幄之中禁幄橫經上論堯舜之道家庭聯
萼遠符周名之風世推不世之才益懋無窮之業衮衣
赤舄參華鼎足之司豹尾神旗增壯轅門之勢見聞所
暨朝野同詞某晚學無聞效官有守開公孫之閤雖莫
預於曳裾登元禮之門願早諧於望履輒通尺牘仰布

寸誠瞻抃交欣數陳罔旣

代賀太尉啟

伏審高秩厚禮誕昭懋賞之規盛德謙隆薦布陳情之牘顧僉言之載穆宜渙號之莫回伏惟其官服勤王家著功帝籍杜預智計每登將相之儔鄧禹文明深執忠孝之節抒七縱七擒之畧揚百戰百勝之威殲厥巨魁解攣索而夾砧斧屈此羣醜弃兵弩而持鈎鉏豈惟草木之知名坐覺山川之改色鳩鳴鵲乳追還樂國之風

蝸舍梟巢盡蕩妖氛之俗偉茲異績實掩前聞王曰還歸程伯定驛騷之衆我行永久吉甫均燕喜之思亟奉三接之恩薦被十行之賜槐庭議政容陪四輔之聯玉帳論兵益聳一軍之聽仰寵章之狎至知福禄之鼎來馳慶未遑移書先及倍荷眷存之厚交深愧怍之私

代石提倉賀中丞啟

伏審顯膺茂渥誕布明綸輟從華省之尊進直南臺之重士夫交慶遠邇同詞惟上聖之保邦掩前王而圖治

用賢人而行善政既加惠於羣生好忠諫而悅至言將廣延於衆議眷茲風憲之地實為紀綱之司激濁揚清下察百僚之過繩愆糾繆上裨庶事之微必資直亮之才迺副簡求之意恭惟某官學窮道奥識造幾先出值明時亟登要路風采聞於天下名聲重乎朝廷崇論讜言善諫同乎王魏盡忠納善嘉猷合乎臯夔易地皆然無施不可暫居武部還總中司周處直筆以振權豪薛宣執法以分黑白不懲自肅凜然禮義之風持平無私

端若權衡之器懋昭賢業永保榮名某夙荷眷私屬將使指莫遂門闌之慶敢忘竿牘之修

代賀盛運判啟自本路常平以賑濟有方就除運判

伏審寵陟文階就陞漕計風聲所暨豈惟聳列辟之瞻眷遇有加益將為多士之勸惟常平之政令實神考之規模當歲豐穰必廣儲以抑兼并之室及時水旱將振廩以濟窮乏之民能使德意之究宣允賴才猷之慮敏迨其成績宜有異恩恭惟某官雅性淳融清標濬發練達

當今之務博通前古之宜蚤自結於主知薦出吏於使事自臨東道亦既淹時屬豐沛之阻飢方聖神之軫慮明詔每下常恐一夫之憂碩畫既陳果為諸道之最載懋勳庸之典益攄邦國之謀席是寵光竚登禁省顧如衰朽嘗奉誨言欣幸交深敷陳罔既

代賀韓漕除直秘閣啟

伏審寵膺睿渥進直書林綸命敷聞既聳列城之望使華增重實為多士之榮恭惟某官厚德鎮浮高風邁往

多識前世之載博通諸家之書簡在帝衷薦更劇任飛芻輓粟方資轉漕之功攬轡登車已著將明之效眷此典籍之府允惟英俊之躔自非天下之名儒莫預朝廷之妙選簪筆持槖行躋法從之聯襲紫傳龜益懋前人之烈顧慚朽質幸假餘光馳慶未遑移書先及其如愧喜曷易名言

代都仲憲與新提倉啟

伏審顯奉宸恩出將使指側聞成命大慰羣情恭惟其

官才為吏師學窮道奧身端行治蚤膺俊乂之求功著職修久擅循良之譽眷常平之置使實神考之大猷總斂散之權所以惠民而富國重刺舉之任所以佑善而懲奸允資成德之髦式副選賢之意況茲東道密邇上都攬轡觀風已肅范滂之志駐車決事佇聞朱博之威顧惟衰朽之姿獲奉誨言之末其於欣幸曷既敷宣

代余帥賀濰守啟

伏審顯膺中詔出守近邦師帥得賢士夫同慶伏惟其

官性資純粹學問淵深蚤發策於聖時亟躋榮於要路
卓爾公忠之語凜然勁直之風果奉宸恩俾宣王化雖
望之之德盖雅意於本朝如張敞之才豈久處於閒郡
行被薦賢之寵入躋侍從之聯馳問未遑移書先及仰
荷眷存之厚徒深感服之私

代文帥賀淄守啟

伏審光膺中詔移守近邦布政頒條方拊循於善俗望
風引領徒渴仰於高標未遑竿牘之修遽辱緘題之貺

伏惟其官性資愷悌材術通明經行稱於朝廷議論冠於宗室承流宣化式資共理之猷親仁善鄰庶假餘光之照惟聖神之在御思俊乂以旁求宜有褒書以孚輿論願言調護少副頌瞻

代文帥賀郡守啟

伏審恭承帝詔出守侯藩輿論翕然休聲籍甚伏惟其官深誠許國厚德臨民學獨造乎淵源行不踰乎閫域薦更事任藹著勞能果奉宸恩寵分郡守承流宣化

方觀政績之成登明選公佇聽褒書之下未遑馳問先辱移書荷眷意之甚隆激懦衷而增愧

代文帥賀盧君佐啟

伏審拜命中宸分符東土周旋閭里熙然民物之繁懐想風儀邈爾山川之阻豈期厚禮遠辱移書伏惟某官夙以才能薦更事任頃被光華之選復膺師帥之求任職居官益懋賢人之業承流宣化佇觀循吏之風方上

聖之有臨收羣豪而並用即期褒名用副輿情

改京官謝宰相啟

鈞最吏曹初無善狀掛名閨籍猥奉明恩顧惟缺然何以稱此竊以六卿之長實總三銓之流審才藝以敘官方明賞罰以詔吏治程功績事既立限年之規舉賢援能尤嚴薦士之法是將率世而厲俗豈惟激濁而揚清矧縣選甲之冗員躐置朝行之通秩必脫穎而出者乃拔茅而征焉盖其責之甚詳則夫得之匪易固有者艾之士連蹇而無成寧容委瑣之人循緣而妄進如某者長

蓬茨之下乏甑石之儲疲輭奚勝樸遬莫數思竭其不肖之力自託於亡能之辭慚師友之淵源僅成涉獵窺文章之林府莫望藩籬揮毫軒陛之前接武搢紳之列少而自喜謂青雲之可期長乃無聞顧黃卷而興嘆栖遲五斗俯仰十年沉迷刀筆之徒勞商榷米鹽之細務悉匪異時之習類皆俗吏之能勉盡瘁而力行惟固守以靜俟衆方攘袂而趨者已獨斂衽而避之每懼非才自貽罪戾豈期公舉謬以名聞方當綜核之期濫預甄

陶之典楓宸旅進再瞻日月之光綸誥臚傳遽被雲天之澤循涯自失躐等為榮此蓋伏遇某官端委廟堂謀謨帷幄務推隆於衆善罔求備于一人眄睞咸加價必增於數倍輝光所燭氣已變於三春曾經平子之品題必入山公之啟事遂令駑劣亦玷龍光某敢不擇地而行奉職以進益勵四方之志愈殫十駕之勤雖在闒茸之中不肯碌碌儻與陶鎔之末願竭區區

除太常博士謝太宰啟

欽奉綸恩擢參容典量才弗稱被寵增羞竊以漢設太常之員序先九列唐分博士之屬法止四人豈特賛內府之儀將使稽右文之事諮詢所逮必淹識於舊章望實既孚或寖階於華貫矧聖神之御極方明哲之佐時朝廷尊崇人皆重內天地交泰士以彙征苟非四海之名流曷副一時之精選伏念某長蓬蒿之下乏甔石之儲種學績文栖遲乎道藝之域澡身浴德偃息乎詩書之門然短綆胡可以汲深而駑足曷勝於致遠雖三餘之

不廢曾一善之蔑聞濫追俊造之游徒勞州縣之役寧
抗塵而走俗慙逐巧而黠妍蓋有道而賤貧雖昔人之
所恥如不義而富貴亦君子之弗為迹雖愈窮志當益
壯奪懷中之綬初同臧氏之亡羊畀望外之官終類塞
翁之失馬喜庇身之有記繫造物之無私此蓋某官端
委廟堂謀謨帷幄招賢黜不肖既揚於變之風嘉善矜
不能益懋兼容之德旁採搢紳之議曲重埏埴之恩此
日行冲得備仁傑之藥籠他時毛遂尚出趙勝之錐囊

其敢不勉激懦秉克承嘉惠侍門庭而操紱簪方永
識於依歸披雲霧而覩青天願少聞於謦欬

謝承旨侍讀啟

識荆州之面已輕萬户之封得季布之言猶重百金之
賜矧位隆於兩禁而名動於一時擁簪望塵或逡巡而
却走曳裾屬袂爭顛沛以乞憐儻得於眉睫之間遂
借以牙齒之論雖在前世亦所罕聞恭惟某官早推卓
爾之才首副褒然之舉深結明主徧歷要津白日青天

共仰崔羣之德太山北斗咸宗韓愈之文自趨名於北
扉亟躋榮於東閣閎通巨衍不特極靡麗之辭深潤溫
純蓋將追典謨之訓果奉謫仙之譽佇符夢弼之祥經
體贊元入稱四輔代天理物上應三台多士傾心庶邦
拭目苟匪傑出之輩孰當特達之知如某者約結固亡
奇樸遬不足數少承世習得免服耕穫之勤生遇熙宸
未嘗學軍旅之事區區射策碌碌效官漫逾紀以迄茲
顧初心而自失詩書禮樂之際絕企前修簿言期會之

間寖成俗吏幸歲時之末暮惟仁義之可師方且投身
寂寞之濱安敢妄意寵榮之事徒以鄉邦接壤側聆長
者之風況復兄弟同游嘗聽先生之論輒通漫刺遽假
温言則王戎之坐中旣乏阮瞻之三語造叔向之堂下
曾微鬷蔑之一言退省儒庸分甘擯斥豈謂搢紳之見
慶迺傳黼黻之誤襃惕若神驚赧然汗下此蓋伏遇某
官中誠接物内恕包荒大臣之報國以人君子之見善
如已謂拔十得五庶閒獲於異能故捨短取長務推隆

于晚進其敢不仰承嘉惠俯激懦衷赤鯉隨波既預
龍門之集青蠅附翼願從驥尾之遊欣抃交深敷陳罔
既

進秩謝運使啟

備數掾曹每負曠瘝之責量才選部宜從澄汰之科敢
意誤恩亦叨進秩惟本朝之成憲煥治古以同風考三
載之績以別幽明遠稽虞氏計羣吏之治而定誅賞參
用周官必綜核之無私則進退之有敘於皇神考增飾

舊章謂百里之民縣令實為之師帥而一州之政幕府能助其承宣實資保任之嚴以盡選掄之善凡在所取蓋拔其尤如某者性本甚愚才無近用奉過庭之訓蚤聞詩禮之言誦古人之書未免糟粕之累頃塵科第濫綴官聯計本為貧敢憚徒勞之役職當讞獄惟持近厚之心然而知不足以決疑學不足以明古抗塵容而走俗狀雖每愧於初心追時好而取世資詎肯渝於素守區區自信碌碌亡奇曾無根柢之容坐竊甔石之祿

迹其遲鈍莫效微勞仰借吹嘘遂獲寸進此蓋伏遇某官至誠與下雅量鎮浮本公孫之知人故能舉善同當時之推士用以成名曲垂汲引之仁靡擇行能之備致茲蒙陋亦玷寵榮某敢不思其未能勉其未逮潔已以進期異日之有成直道而行庶終身之寡過上酬恩造次答已知

謝蘇憲舉陞陟啟

駑力奚堪方竊卿雲之庇鴻私所逮遽叨華袞之榮揣

薄分以非宜誦爰言而增愧惟邦家之致治莫大於薦延眷士夫之求伸必資乎汲引管仲得志實由鮑叔之知龔勝顯名終藉何侯之力拔茅連茹者多矣彈冠結綬者有焉然人實難知紛賢愚之並進況士既自售久廉恥之莫興倘默然在稠衆之中而介如乏拔聯之勢執手以上遠冀前哲之風傾蓋而交無復下僚之嘆靜言斯道每謂難能敢自意於妄庸遹辱知於特達伏念某豈期清舉謬以名聞此蓋伏遇某官雅望鎮浮深誠

與下明如冰鑑自莫遁於妍媸平若權衡本無私于輕重致以吹嘘之賜生于顧盼之間某敢不恪守官箴持循士檢雕巧磨鈍期益厲於初心錯節盤根庶終收於來效

謝提刑薦舉啟

補吏掾曹方虞擯斥挂名奏牘忽預薦論顧譾薄之無堪辱褒揚之甚厚惟本朝之垂憲俾諸道以選能謹厠時英出將使指搴帷問俗豈惟博究於民情攬轡觀風

固欲熟知於吏治于以揚清而激濁庶幾怙善以懲姦倘非適用之才曷副推賢之意如某者受資凡陋涉道淺踈蚤承訓於義方粗服勤於世習區區射策初無一日之長碌碌效官甘處衆人之後踵常塗而自愧副夙好以未能但期罪咎之逃敢冀薦書之上此盖某官高風邁往雅望鎮浮藴厚德以并容推深誠而樂與忠能舉善恕以及人肆加恵於微生盖曲崇於末契登門有舊再叨國士之知承乏無聞首借儒林之譽其敢不俯

勤賤役退激懦衷期益勵於初心庶不隳於素守

謝提學舉改官啟

才異正平輒叨薦鶚德優元禮濫許登龍捧檄知榮省躬增愧國家設銓選之法嚴保任之科雖置使以旁求猶限員而遴擇伊欲薰蕕之異器庶幾涇渭之分流然人實難知雜然賢愚之並進士既自售久矣廉恥之無聞孰興斯道之寂寥必得當世之豪傑伏念某受資至陋涉道甚疎枕經藉書徒慕古人之糟粕彈冠結綬敢

希君子之經綸蚕射策於明宸僅庇身於小吏抗塵容而走俗狀每愧於初心追時好而取世資敢隳於素寸居之拔聯之勢曾微左右之先豈繫攬轡之初遽辱拔茅之舉靜循蕞爾難稱裒然此蓋伏遇某官璞玉渾金莫名其器青天白日皆見其明廣內恕以包荒藴深誠而與下鄭當時之推轂有味其言張安世之提衡不望其報俾兹么麽亦沐吹噓某敢不俯激懦衷仰承嘉惠鉛刀無用尚收一割之功駑馬未疲終致千里之

遠

謝方提學薦考察啟

棲遲兩郡每瞻使節之光荏苒十年再奉薦書之寵戴恩甚厚撫己增羞伏念某樗櫟散材斗筲小器幼承父兄之訓不識耕穫之勞長讀聖哲之書嘗聞俎豆之事雖云有志豈曰能成濫偕俊造之游徒勞州縣之役況迷簿領寖忘舊學之源秪畏簡書僅免大河之域敢期多幸薦遇深仁昨試東秦庇身屬部侍門庭而操紱篲

披雲霧而覩青天魯徴三語之賢誤辱一言之薦終叨寸進晝出殊私遠兹歲月之淹復預帡幪之末顧猥瑣齷齪無足稱焉而惷直迂踈亦已甚矣豈冀眷存之意有加疇昔之心此葢伏遇某官模楷儒林澄清士類謂青芝赤箭魯為待用之資俾朽木枯株不假先容之助重垂收拾未忍棄捐其敢不增激懦衷勉承嘉惠藝可學而行可力罔怠於初心日有益而月有功庶圖於來效

謝提舉舉陞陟啟

駑劣奚堪方竊鄉雲之庇鴻私所逮遽叨華衮之褒捧檄為榮撫躬增愧惟邦家之致治莫大於薦延眷士夫之求伸必資乎汲引管仲得志實由鮑叔之知龔勝顯名終藉何侯之力拔茅連茹者多矣彈冠結綬者有之然人實難知紛賢愚而並進況士既自售久廉恥之莫興或借勢於諸公之先或掠美於衆人之後或務一切以追時好或咈百姓以為己功或便僻諂媚以于左右之

容或趦趄囁嚅以伏謦咳之側未有不求而得者豈聞無因而至哉倘默然在稠衆之中而介如乏攀援之助執手以上遠冀古人之風傾蓋而交無復下僚之嘆靜言此道每謂難能敢自意於妄庸遄辱知於特達如某者受資至陋涉道甚疎器僅類於斗筲材莫殊於樸樕徒誦詩書之明訓粗聞仁義之大方射策明庭抗塵末路棲遲五斗俯仰十年在有道而賤貧固賢者之所恥如不義而富貴亦君子之弗為每貽强項之譏聊欲伸

眉於後比隨常牒依迹外臺効刀筆之小勞初無善狀興山川之大利又乏奇功方期罪罟之逃敢冀薦書之上此蓋伏遇某官孤風邁往雅量鎮浮廣内恕以及人推深誠而與下瞻溝中之斷雖無取于棟梁聽爨下之桐或有中於律呂遂俾易忘之賤亦蒙遴選之榮某敢不俯激懦衷仰承嘉惠潔已以進期異日之有成直道而行庶終身之寡過

謝判府薦舉啟

試吏屬城方懼曠瘝之責登名奏牘誤承褒薦之私荷
眷甚優循躬知愧惟本朝之成憲邈治古之高蹤並建
官師旁求俊乂謹考功能之實尤嚴保任之科將使涇
渭分流薰蕕異器英豪無留滯之歎茸闒絶覬覦之心
然而人之難知昔以為病潔已者羞於自獻善宦者巧
於取容借權竊寵之人或得名於治辦畏法循理之吏
或見誚以惷愚自非明哲之公孰盡選掄之善如某者
知能謭薄術業迂疎蚤承訓於義方粗服勤於世習區

區射策碌碌效官錯節盤根曾未施於利器朽株枯木顧誰謂之先容豈期顧盼之餘遽有吹噓之及此蓋某官至誠與下雅量鎮浮挍短量長端若持衡之審舉賢達吏藹然推轂之風務施及物之仁不間易忘之賤褒逾黼黻恩重丘山某敢不增激懦衷益堅素守鉛刀無用尚收一割之功駑馬忘疲終致千里之遠

謝知府薦舉啓

試吏屬城曾乏毫釐之效登名奏牘誤蒙黼黻之褒荷

眷殊優循躬知愧國家旁求士類謹擇吏員在高位者既號為得賢任下僚者亦虞為曠職曲盡選掄之善孰逾保任之科將使涇渭分流薰蕕異器英豪無留滯之嘆闒茸絶覬覦之心況知人之甚難蓋自古之同患達觀所舉斯盡大臣之能稱匪其人實為明德之累如某者知能謭薄術業迂踈潔身無意於近名好古非期於詭衆區區肄業雖不廢於三餘碌碌效官固未聞於一善拙於干進愚不適時惟期罪呂之逃敢冀薦書之上

此盖其官深識與下雅量包荒務推擇於羣才不遺忘於小器闡善有同於己出舉能非以為私恩蕭傅之多薦儒生鄭莊之好言長者故兹收采誤逮孱微其敢不益自激昂勉思報稱登龍門而親德既遂於初心附驥尾以顯名更期於異日

發解謝試官啟

詞場較藝初無語上之才貢牒第名偶與在中之列静言忝冒徒切凌兢竊以崇經術者不特右文立邦家者

本於得士在昔長育之道惟時賓興之方自文武而已
隆至成康而大備嚴四術而立教糾八刑以防姦道德
馨聞旋登司徒之版才能秀出隨録鄉老之書時無滯
才朝盡公舉菁莪徵物在阿陵而獲生棫樸小材為薪
槱而有用可謂盛矣何以加諸世德下衰餘澤寖息三
皇五帝之道鬱而不興諸子百家之書蕩而無法兹風
既扇厥弊彌深惟我宋之勃興追成周而繼作仁祖名
八人而賜坐推廣上庠神考任一相以經邦肇新三舍

建上聖之纂業先學校以廣聲辟雍大闢於國南泮水徧布於天下既優給其廩餼復衆建以師儒鳶飛雲翔魚躍淵泳訓迪經旨開明士心俾藹藹之吉人有德有造致濟濟之多士來游來歌煥乎成文炳然於變講成均之良法停科舉之舊章念將發策於此時猶有焚舟之一戰然而漕臺雄觀羣俊會奔楊王盧駱之才許史金張之冑干試者幾一百輩中選者不三十人顧此精求豈容濫處如某者辱文有志未墨無功類童子之難

言非後生之可畏徒以家傳鉛槧世紹箕裘磨礱於斷簡殘編漸漬於前言往行雖云未達豈曰無知幸遇休明勉應詔令刻鴻類鶩始誦伏波之言誤墨成蠅何異不興之畫得踰望外愧溢顏間此蓋伏遇其官大雅兼容至誠樂育作斯文之龜鑑妍醜自呈為吾道之權衡重輕隨應得寸長而必取惜片善之或遺假以舟航俾獲善濟傳之羽翼期遂橫飛致此空疎亦被收採實雖稱於公選私自揣其過情其敢不淬礪壯心激昂素志

十駕而致千里不後驊騮一釣而連六鼇更窮渤澥過此以往未知所裁

代右丞謝太宰啟

欽承明綍敘進中臺念積愧以無容終罕辭之不獲竊以貳丞並位雖云分職之均然而九牧具瞻豈曰次遷之地不特專樞憲之重將使毗鼎輔之隆朝夕論思克左右於厥辟夙夜出納用敷錫於庶民惟報稱之甚難故褒延之尤謹伏念 某學慚洽浹識昧幾微獲依日月之

光浸被雲天之澤入陪四近坐閱三公何裨稷契之謀莫踊戴劉之美稽其已試久負空飡竊以不貲復叨誤選此蓋其官道嗣前哲德冠生民下遂萬物之宜獨兼三公之事見善如已罔求備於一夫報國以人方共熙於百志曲借揄揚之賜容形啟沃之餘遂俾愚衷亦膺睿獎其敢不懋昭攸訓祗率厥常不命其承益厲匪躬之節尚迪有禄庶恢作人之風

代平定到任謝宰相啟

投閑置散久懷竊禄之羞臨衆處官復冒承流之寄被
恩浸厚省已奚堪惟上聖之端臨當羣賢之拱輔道豐
仁洽屢頒寬大之書訟理政平並協中和之化凡千里
之師帥必一時之良能如某者知類挈瓶才非脱穎雖
少竊鄉曲之譽而長無左右之容以直鋮而爲鈎顧何
求之可得不量鑿而正枘宜所向之多艱薦折直館之
優漸卜歸田之計會例從於汰斥益自歎於羈窮此蓋
伏遇某官燮調元化覆冒羣生操方任能因短長於凫

鶴循名責實付輕重於權衡遂令衰朽之餘亦預選掄之末其敢不好是正直居以廉平仰布德音盡究欵宻丁寧之旨俯求民瘼俾銷歎息愁恨之心

代余帥到任謝執政啟

叨奉宸恩出分郡政首宣詔令下慰黎元眷此東藩實稱外屏隱若金湯之固旁連海岱之雄太公始封務行平易之化曹參為相亦隆清淨之風將往哲之是希顧薄才之難强仰依洪造或賜曲全伏惟其官遠略經邦

深誠許國明於王事之體通於時用之宜端委廟堂諆謨帷幄大鈞坱圠方咸遂於羣生厦屋帡幪願永依於巨庇其於欣幸曷既敷宣

代方閭到任謝執政啟

銜命朔方未遑暖席備員東道復玷除書祇服寵靈俯增悚懼惟齊魯之輿境有孔孟之遺風方國家明道德之原而郡縣謹庠序之教峩冠博帶競進於賢關揭節秉軺寵分於使指宜資德器以重儒林如其者七所取

材粗知向道但守經而據古恥曲學以阿時蚤從推擇之私薦誤使令之末往來數路首尾八年徒驚齒髮之侵莫著涓涘之效豈期明詔還畀故棲激濁揚清吏民素知其志尚厲精向道士子亦安於教條庶幾屢試之愚或有一得之補此蓋其官望隆柱石勳著鼎彝端委廟堂儀型百辟謀謨帷幄燮和萬邦務廣任於羣才不遐遺於小器致茲疲劣亦被寵光策蹇磨鉛誓服勤於官守彈冠結綬期終託於已知

代沈和仲除直秘閣賜紫謝執政啟

書林寶秘既假美名命服光華更叨蕃錫撫循榮幸跼蹐兢惕恭惟國家推右文之化遹脩圖籍盛中禁之儲倬彼東壁之躔煥乎羣玉之府故前史著藏室蓬萊之號而異時建石渠天禄之名博求英俊之流裒進儒雅之士是謂國家育材之高選豈特搢紳稽古之至榮一職其間四方所仰如某者才非游刃知類挈瓶枕經籍書竊嘗有志彈冠結綬徒幸逢時夤緣推選之私寖誤

使令之末頃辭華省出領外臺足食足兵雖暫紓於邊
計餘財餘力蓋悉稟於廟謨方魏闕以馳誠俄甘泉之
入覲宸光咫尺極陳毣毣之思天語溫純爰納斷斷之
介繼被出綸之詔載頒在笥之衣褰賈琮之帷裳已聳
觀於民吏陳桓榮之車服方歆豔於士夫顧寵數之甚
優曾疲駑之敢冀此蓋其官清廟瑚璉大厦棟梁擴帝紘
而恢皇綱建萬世之長策謀王體而斷國論為一代之
宗臣 闕

代沈和仲河賞轉官謝執政啓

佐三山之成績初之微功頒一札之恩書忽叨進秩闕然自視惕若增羞伏念某性本愚忠才非巧宦乗軺建節方出領於邊儲造舟為梁莫預聞於廷議徒籍贏餘於外府庶裨萬一於鳩工蓋職分所當然奚勞能之可録敢謂慶賜之下迺蒙襃陟之優拜命無從歸恩有自此蓋某官謀謨帷幄端委廟堂為百辟之儀刑導揚盛治致萬方之於變驅使羣才顧如疲駑亦在甄陶某敢

不仰遵明訓俯戒素飡知無不為倘効勤於盤錯醲於用賞願畢慮於陶鎔

代沈和仲謝王待制舉自代啟

緜力奚堪謬當清舉衮褒俯逮徒益愧顔歷觀隆古之時咸懋尚賢之典虞廷汲引九官濟濟以相先漢室薦延羣士洋洋而並出洪惟聖代並著成規簪筆持荷凡膺近侍之除者拔茅連茹必推名輩而進之盖將察其所安以盡大臣之能豈特選諸所表以為異日之用

故非道合罔以名聞如某者賦性惷愚量才宂散少而
涉獵莫窮游夏之淵源長則宦游居之求賜之達藝
出入屢更於粗使遭逢自結於上知公爾忘私勤於補
過長孺之戇甚矣夷吾之器小哉惟虞衆指之排擠敢
意當塗之推轂比蓋某官模楷多士羽儀本朝才尤長
於治民文最宜於為誥久相待而遠相致羞同勢利之
交觀其行而聽其言務求亮直之友遂俾無聞之陋亦
蒙有味之言某敢不俯激懦衷仰承嘉惠王陽在位願

希貢禹之彈冠陳平雖奇終從魏倩而驂乘

代鮑欽止謝洪帥啟

臨衆處官居乏之治民之效奉令承教幸逃失職之誅夫何過情迺辱清舉竊以報國之大者莫如推賢而進之矧當綜核之朝尤重薦延之選如有所譽以觀大臣之能茍非其人斯為明德之累如某者身遠與寡意廣才疎雖經學行能莫足算録然姓名狀貌徽簡聖明固嘗獵居於俊游每輒見罹於吏議流落不偶久自分於投

閒約結亡奇顧奚堪於假守尚依巨蔭少植枯根豈繫華衮之榮猶軫裭袍之戀此蓋某官望隆人傑德冠儒先邁鄭莊之成名本於推轂念王陽之在位宜有彈冠收其一日之長借以片言之重得踰所望愧溢於顏噓枯吹生有如此者拉朽磨鈍何以報之誓彈十駕之勤更試一割之用

代謝崔帥薦陞陟啟

小吏淺聞曾微善狀大賢容衆猥借餘光雖矜溢美之

榮實負過情之愧眷聖神之制治方英俊之並游欲野無遺賢必資乎汲引惟舉不失德迺副於揄揚故凡剡牘以進焉皆其脫穎而出者矧位隆於從槖而望聳於師垣眄睞或加價已增於數倍吹噓所暨律驟變於三春豈容特達之知亦及惷庸之輩如某者樸遬不足數結約固亡奇生值熙宸未甞學軍旅之事少承世習幸得免耕穫之勤射策明庭抗塵末路詩書禮樂之際已負初心簿書期會之間浸成俗吏聊固守而靜俟不

抑操而苟容方懼衆咻亟罹罪罟豈期多可俾預薦書此蓋其官盛德應時深誠接物君子之見善如己大臣之報國以人舍短取長務推隆於晚進拔十得五庶間獲於異時故雖甚愚未忍遐棄其敢不恪居官次砥礪廉隅惟仁義之可師誓堅素守幸歲時之未暮將為後圖

代謝運少卿奏舉啟

效官承乏之初無片善之稱剡牘奏名誤辱一言之譽揆

材勿稱被寵為榮竊以為政莫大於選賢報國無先於
舉類文子垂聲於晉國本自知人鄭莊發譽於漢庭實由
推士惟本朝之置使俾分道以薦能營職奉公宜有佐
時之循吏砥名礪行固多學古之名流敢意庸虛謬當
簡拔其奮身寒苦涉世迂踈第知畏法以遵繩不善養
交而持禄區區自效孰為左右之容斷斷無能曾之扳
聯之勢退未諧於素志進有愧於明時方竊庇於餘光
庶少安於孤迹譴訶自懼薦寵何名此盖某官恕以

及人清而容物風義可隆於薄俗高明灼見於羣情
枝短論長靡責行能之備旁通多可曲垂汲引之私
不閒賤生亦叨遴選其敢不持循士檢恪謹官常策蹇
磨鈆倘次收於微效飲氷食蘗誓無玷於殊恩

代余帥謝監司走馬啟

入陪國政嘗參東省之榮出領侯藩復冒鈴齋之重惟
兹幸會獲庇仁明伏惟某官宇量宏通風猷邃遠雅
望素推於當世威名久著於列城顧慚衰朽之姿方竊

藩宣之寄瞻風甚邇覿德未諧竚聞臨按之來庶奉誨言之末

代謝林彦振薦舉啟

庇身直館方愧素餐尅牘明庭誤承清舉受非其稱情靡自寧惟士之逢辰進必資於知已而臣之報國義莫重於得賢矧當綜核之朝尤謹薦延之寵苟非道合曷以名聞如某者生于寒鄉系則落譜樸樕莫足數約結固無奇幸免耕穫之勤嘗聞俎豆之事奉法循理雖遵

為治之方任職居官終乏瘉人之舉老冉冉而將至情眷眷而懷歸稍親香火之緣不覺歲時之久求田問舍念無甔石之儲抑志忍尤坐竊斗升之禄迹其疲曳宜在譴訶敢意矜憐尚加拔拭此蓋某官望隆柱石勲著鼎彝為一代之蓍龜作萬邦之模楷謂拔十得五尚有補於明時故舍短取長或未忘於小器褒逾黼黻恩重丘山某敢不礪行砥名刳心養志方將拭目仰觀厦屋之成願以微軀永托大鈞之播

代仲推謝舉主啟

薄材難强每懐譴黜之憂厚徳兼容更辱褒揚之賜戴恩甚寵省分知慚竊以為政莫大於得賢報國實先於推士孟明敗晉公孫垂舉善之稱管仲相齊鮑叔擅知人之譽故雖等威之有間必資聲氣之相求世徳下衰士風不競睥睨在上無周公吐哺之勤囁嚅於時多安仁望塵之辱取舍既成於市道窮通畢見於交情惟我治朝參稽古制明賞罰之分嚴保任之科營職奉公宜

得佐時之良吏砥名礪行固多學古之儒流顧簡拔之甚明豈庸虛之所覬如某者惷愚自信孤僻寡徒學經未明竊有歸耕之志爲貧而仕寧辭擊柝之卑蹭蹬亨衢侵尋暮景沉迷簿領幾忘寢食之私顛倒夢魂未免過差之悔既乏毫釐之效曾無左右之容孰謂高明猥形論薦此蓋某官孤風邁往雅量包荒內恕以及人推至誠而與下謂溝中之斷雖無取于棟梁而爨下之薪或有中於律呂遂使易忘之賤亦叨遴選之榮某敢

不恪守官箴持循士檢歸恩有地知厦屋之帡幪播物
無私託大鈞之坱圠永堅素守以畢餘生

代謝薦陞陟啟

效官承之徽善最之可稱刻牘奏名辱吹噓之誤及榮
生望表愧集情涯竊以為政本於用賢報國莫如求善
唐堯之先汲引則百工時而庶績凝漢武之重薦延則
羣士慕而異人出仰際熙昌之運尤嚴保任之科既稽
衆以旁求必限員而遴選舉不失德於以知大臣之能

稱匪其人亦或為明德之累刻位隆於從槖而望埭於
儒林仲尼一字之褒踰於華袞季布一言之諾重於
黄金宜得實材用充清選如其者挈瓶智小闚管識微
早襲箕裘粗聞詩禮名嘗忝於論秀恩幸及於賞延學
無言偃之淵源僅免面墻之誚政匪冉求之達藝難辭
製錦之傷未任乘田徒遲委吏寧抗塵而走俗慙枉尺
以直尋盖有道而貧賤固昔人之所恥如不義而富貴
亦君子之弗為迹雖逾窮志方益壯異潘安之巧宦同

長卿之倦游邈矣青雲但作退飛之鷁忽焉白日徒瞻過隙之駒自嗟衆目之憐誰復引手而汲方念歸休於南畝尚繫竊食於太倉雖罪罟之是逃曾薦書之敢覬他時毛遂未出趙勝之錐囊此日行沖得備仁傑之藥籠此蓋某官泰山北斗皆仰其高璞玉渾金莫名其器稱量吾道領袖斯文恕以及人清而容物鄭當時之推轂有味其言張安世之提衡不望其報收文琴於爨下取犧尊於溝中致此疲駑亦蒙獎拔某敢不三省自誓

千慮殫愚尺鯉隨波既預龍門之集青蠅附翼終從驥
尾之遊

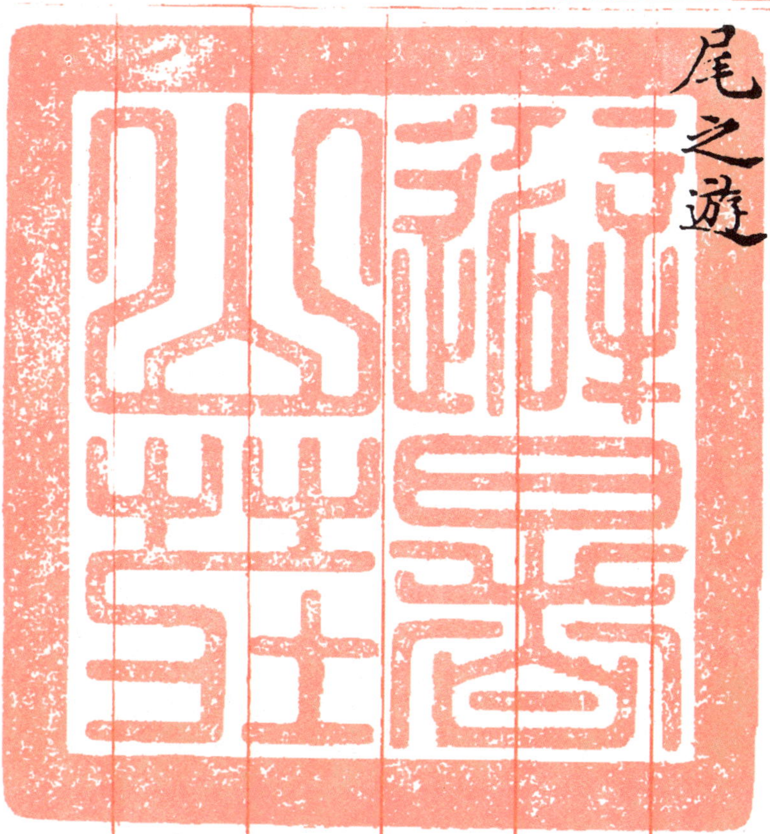

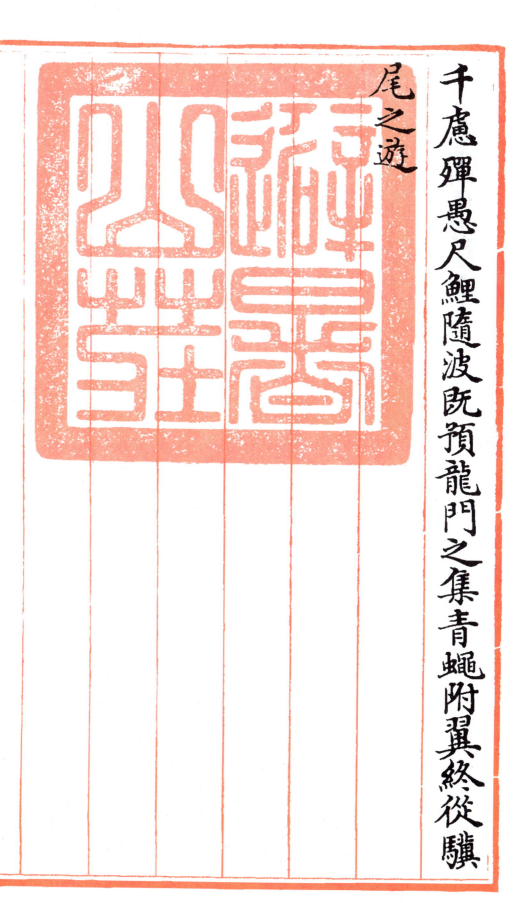

忠肅集卷中

欽定四庫全書

忠肅集卷下

宋 傅察 撰

啟

上太宰啟

伊尹以斯道覺民無間匹夫匹婦之賤周公以大儒佐世猶躬三吐三握之勞蓋下常患于難伸時每嗟于易失膺于位勢之貴則枯槁沉溺魁閎之士寧泯默而無

聞奉以諂諛之辭則姦邪讒佞欺負之徒或比周而望進
非有異人之間出孰追前哲之高蹤敢傾固陋之心仰
冀寛明之聽恭惟某官標英玉發毓秀珠躔酌道德之淵
源傳播九流之旨游文章之林府追還三代之風夙膺
愚賤之求密協勲望之契高宗之得傅説亶惟休命之
承虞舜之舉皋陶允賴嘉謀之告眷聖神之圖治掩古
昔而論功揚鴻烈而章緝熙遹茂先志練羣臣而覈名
實咸秩大猷翊參萬化之源兼總三公之事盖道同而

志合故言聽而計從正機平衡運四方于指掌之易立綱陳紀措一世于覆盂之安上以齊七政而理陰陽下以親百姓而厚風俗内誕敷于文德外焜燿于威靈囹空虛國無一人之獄衣食滋殖家有九年之儲澤被昆蟲恩及行葦壓月窟而震日域洋溢乎頌聲決天閶而開地垠薰蒸于和氣剗復頊八紘以收羣逸之彥闢四門以來入彀之英振鷺誠集于西雍白駒無留于空谷斯蓋君子逢辰之會是爲志士惜日之秋如其者

性本顓愚才惟樸遬既狷劣而懦武又遲頓而少文糞土之牆難被丹青之飾液樠之木奚施斧斤之工徒以被服于義方粗知沉潛于大訓枕經挾策終昧淵徽援筆成篇居慙長冗逮綴名于下士旋從官于四方精神耗于簿書歲月浸于齒髮未忍枉繩以追曲何殊却步以求前安仁自笑于拙艱子雲人譏其落拓方將屏迹于寛閒之野固已忘心乎名利之塲尚念羣賢之彙征豈惟小善之率錄曲為輪而直為桷無逃大匠之明方

中矩而圓中規盡出洪鈞之播是用躬掃舍人之館庶幾得升闕里之堂伏望某官振拔寒流提撕後進廣山藪藏疾之度推江河播潤之仁思刮垢以磨光務取長而捨短觀道德而聽教誨倘迂一顧之榮悉精銳以貢忠誠終效萬分之補頌祈之切顛沛于斯

上尚書左丞啟

青蠅附驥可追千里之游蟠木因人猶為萬乘之器蓋士必資于汲引而世尤重于薦延敢傾悃愊之私仰瀆

高明之聽伏念某受資至陋涉道甚疎學靡究于淵源文僅成于骫骳進寸退尺誠坎軻而艱難曠日經年猶棲遲而羈旅將丐齒牙之論孰先左右之容恭惟某官以瓌偉閎達之才輔深淳直諒之德潛神默記博通百代之書下筆屬文煥發羣言之蘊謀有益于天下論不詭于聖人出逢熙洽之朝徧歷高華之選延登廊廟密邇機衡同寅協恭豈特助成于大化贊元經體固將永茂于膚功注意甚隆具瞻攸屬矧復高標峙玉雅量澄

波每躬吐握之勤不見喜慍之色拔奇取異賢無在野之遺校短論長人有逢辰之喜重念某嘗陪下客爰自弱齡仰盛德而望餘光粗承于訓奬抗塵容而走俗狀久滯于貧羸倘容漫刺之通許遂曳裾之請披南山之霧得窺豹變之文運北海之風終假鵬飛之便頌祈之切顛沛于斯

代向子寶上晉甫啟

青蠅附驥可追千里之游蟠木因人乃為萬乘之器矧

元禮著龍門之譽而予將更月旦之評榮生一顧之間義重千金之賜敢冒瀆尊之譴躬脩贄見之儀伏惟某官河嶽降靈圭璋挺質才猷自奮蚤膺上攷之知譽望日隆益簡淵衷之眷周旋一節出入百為總計漕臺邁研桑之籌畫躋榮省户兼嚴樂之雍容逮均逸于名藩復究宜于渥澤睠中山之孔道控北敵之咽喉緩帶輕裘既揚威于沙漠簪筆持橐方還冠于鵷行顧惟朔部之民深被洪鈞之化陽烏浴海遐邇仰其餘光威鳳棲

梧愚智快于先覩矧在搢紳之列每傾巖石之瞻如某
者孤僻寡徒立身多難惷愚自信涉世甚疎經學未明
竊有歸耕之志為貧而仕寧辭擊柝之卑青衫皇皇白
髮種種已絶得風之望敢興躍冶之狂雖立叔向之堂
一言莫希于鬷蔑然厠王戎之坐三語或效于阮瞻獨
憐匏繫之蹤久乏管窺之便會檄書之俯逮整羸馬以
欣奔披雲霧而覩青天倘遂平生之志侍門庭而操紱
鑴孰先左右之容敢冀隆謙特乘與進醫師待用不廢

牛溲匠石兼收罔遺木屑少借吹嘘之譽特推块圠之
恩取斷木于溝中被以文章之飾採孤桐于爨下聆其
律呂之和庶幾一得之愚或有萬分之補

代與宰相免啟

恭承中詔俾總在綱被寵若驚循躬增愧竊以尚書之
司喉舌敷厥訓于四方執政之作股肱輔乃辟于一體授
不以次官惟其人凡膺載陟之恩必著非常之績伏念
某學粗通于大畧仕徒罄于小忠叨塵四近之聯翊贊

萬幾之務曾未酬于尺寸顧領薦于歲時方責實以圖庸宜在譴訶之數若備員而叙進恐貽明哲之譏已屢布于忱辭兾終回于誤選伏惟某官德尊籲俊仁篤惠疇矜夫難强之才格以至仁之議入告于后倘改命于明廷退省其私尚還充于舊貫豈特安愚不肖之分庶幾愜士大夫之心

代回右丞免啟

肅承詔綍入預政機盛德所臨國有得人之美歡言四

布士知稽古之榮伏念某官奧學醇師高文應世汲黯
氣節近社稷之臣賈誼才能任公卿之位久藉論思于
禁掖豈徒潤色于皇猷果膺不次之恩益播無窮之問
淵衷虚竚宜亟奉于謀謨海宇具瞻固難從于辭遜

代回中書免啟

顯頒鸞詔榮陟鳳池政本得賢永迪萬邦之乂儒林增
重益昭千載之期伏惟某官才兼四科學舉六藝夙被
聖神之眷徧躋華近之聯委戴胄于中臺殆無其輩任

元超于西省豈藉多人方須勤翼之謨允洽登庸之望宜趨承于畀渥固莫事于撝謙欣聞輿議之同祇愧函封之辱

代回宮使保和免啟

明詔登賢隆名賜寵眡儀近弼載昭體貌之崇均逸真祠益佇謀猷之告伏惟某官宏才經遠輿學資深聳聲昻霄共仰絶羣之操盤根錯節屢彰剸劇之能蔚然持橐之華藉甚端朝之譽書林講藝豈惟典校于秘文經

幄侍言固已密知于清燕茂著非常之績肆頒不次之
恩與議交孚諒難從于遜避淵衷允屬方嗣慶于褒嘉

代回宫使保和謝啟

秘殿高華寵階政路殊庭優逸名峻使聯欣閒綸綍之
褒胥慰搢紳之望伏惟某官清猷濬發雅量渾深學獨
造乎淵源行弗踰乎閫域周旋要劇夙推八座之隆陪
輔燕閒妙簡九重之眷果膺異數允答殊勲鳳穴傳芳
益修教忠之訓鴒原接武載彰競美之才方共仰于得

賢願求肩于致主莫遑趨慶薦辱惠音荷謙德之有加
激懦衷而增愧

代回宮使保和謝啟

寵傳褒詔增峻榮名接二府之近班總九霄之秘籙伏
惟某官純誠許國通敏濟時遭聖主而遇明君夙慶千
齡之會張英聲而馳妙譽寖登八座之隆密陪清燕之
游屢罄嘉猷之告果頒異渥允協僉俞德並塤篪益動
門闌之喜儀參機軸更增廊廟之光趨慶未遑移書薦

及感藏徒厚敷敘奚殫

代回大尹保和免啟

異眷酬勲隆名錫寵入亞台司之峻出専京邑之雄伏惟某官識造幾微學通倫類如張敞之方畧野無枹鼓之驚若廣漢之聦明里絶鉆筩之訟條教可紀威徳並行聿陞秘殿之華用席洪鈞之拜羣情載穆共欣褒詔之頒謙徳有加遽辱誨函之及罔知承命徒益愧顔

與林仲變啟

伏審遠揚大旆還指外臺占星駕以非遥謂有披雲之便望龍門而徒反莫陪躍浪之游愧恨交深惝怳罔措恭惟某官高標應世雅望鎮浮承王謝之風流冠崔盧之譜系衛玠談道久聞析理之言伯樂空羣共仰知人之譽如某者葭莩末契蓬蓽寒生瞻樂廣之青天每慙坐井愛趙卿之冬日獨愧覆盆冀因負弩以前驅或遂望塵而迎拜造叔向之堂下豈無鬷蔑之一言厠王戎之座中亦有阮籍之三語變此枯朽之質實繫眄睞之

煢然而見事類穰侯之遲矧復賦性得嵇康之緩自承攬轡但傒駐車逮聞遵陸道以北旋迺始策疲驂而西首瞠乎若後歎倪公之登仙瞻之在前慕李君之得御僅類退飛之鷁空嗟過隙之駒尚冀深仁曲垂善貸佇明倫之趣名或異日之接行運北海之鵬雖已摶風于萬里隱南山之豹終期窺管于一斑

回沈狀元啟

伏審唱第楓宸獨擅無雙之譽儺書芸閣亟膺不次之

除風采聳聞士夫交慰惟聖神右文之旦復祖宗取士之科側席求賢旣下三年之詔命卿論秀聿來四海之英比收一戰之功蓋有萬人之敵矧入瞻于法座顧仰究于淵題攷象數之指歸極古今之同異老生宿儒之未覩窮年曠日之難明閣筆相嗤默軫才難之慮奏篇稱善遽興見晚之嗟非時異能曷爭殊渥伏惟狀元學士清規邁往敏識造微探學海之淵源潛神默記本詞林之根柢奮筆纂辭望久著于南邦文將傳于上國棘

垣數藝參異等以標名衡石程能冠羣材而稱首嗣聞
天奬親結主知騶從解褐之初薦拜出綸之寵豈特夐
超于近比方將益播于前芳登文石而陟赤墀佇奉清
閑之對飛翠緌而拖鳴玉遂躋禁近之聯顧此庸虛曾
微雅素周廬寓直幸窺豹于一斑漢陛臚傳驚化鵬之
萬里未遑脩慶迺辱惠音披詞采之爛然愧推揚之過
矣

回第二人以次啟

楓宸射策密契清衷桂籍聯名獨標上第國賴多材之
助士歆稽古之榮伏惟其官秉德粹純挺資穎秀洽聞
殫見窮六藝之淵源發藻摛華漱百家之腴潤蚤著鄉
閭之譽浸騰庠序之聲屬睿聖之右文復祖宗之取
士華此萬人之傑觀夫三道之長諏象數之指歸攷古
今之同異老生宿儒之未覩窮年曠日之難明閣筆相
嗤方軫才難之慮奏篇稱善遽興見晚之嗟既留乙夜
之觀遂擢甲科之寵薦圭璋于清廟豈無其人騁驥騄

于長途自兹以始未遑脩慶逌辱恵音披文彩之爛然愧推揚之過矣

回貢元啟

校藝頖宫登名天府士夫所慕族黨生輝伏惟慶慰竊以貢元先輩宇量渾深風猷都雅潛神默記頗通諸家之書博物洽聞多識前世之載果被賢能之選入陪俊造之游將擢秀于儒林遂躋榮于要路未遑馳慶先辱移書荷眷意之甚隆愧感銘之徒厚

回貢士啟

掄秀頖宮登名天府極一時之遴選為多士之榮觀不徒盛禮之臨遽辱華牋之貺仰承異眷增激懦衷伏惟貢元先輩以卓犖兼人之資來游庠序當文明上賢之日充賦京師蓋嘗博極于羣書詎止能通于一藝願益脩于器業庶以大耀于門閭終軍入關誰識棄繻之志買臣乘傳行看衣錦之榮

問候太宰啟

昨者解官下邑趨調上都循夫子之牆方執掃門之役
開公孫之閣遽叨解榻之榮亦嘗自致于悃誠固已重
蒙于記錄唯中藏于恩遇敢薦瀆于高明東歸而來踰
月于此望風引領雖神爽之並馳寫抱裁緘顧精微之
難盡恭惟某官學舉六藝才兼四科會逢千載之期規
恢萬世之業周公之相王室誕保文武之功伊尹克享
天心咸被堯舜之澤方將詢封禪之事而廣符瑞之應
豈特垂仁義之統而創道德之塗四方所以舞手而傾

心多士孰不伸眉而拭目矧復高懷脫屣雅量澄波每躬吐握之勤不見喜慍之色拔奇取異賢無在野之遺校短量長人有逢辰之喜重念某蚤緣淺學獲望餘光曾微毫髮之勞薦荷丘山之賜蒼蠅之飛數步晚企英流鷦鷯之巢一枝久安愚分但念戎葵之遠敢興望蜀之貪伏望某官東壁分輝洪波借潤趣昇斗升之祿少寬朝夕之憂獻谷永之書誓終酬于厚施草王褒之頌尚少抒于羣情炎帝司時景風扇物顒謹節宣之序益

綏福履之多

問候余少宰啟

伏自一違門闌屢更歲律抗塵容而走俗狀方謹于官常仰盛德而望餘光阻陪于賓贊敢冒再生之瀆薦通咫尺之書恭惟某官學擅儒宗識窮理表夙蘊經綸之業遍躋華近之聯右轄左綱維持國體西臺東省助理政機聖賢相遭契千載一時之遇上下共洽成三王五帝之功逮登石揆之崇載陟貳公之峻教化行而習俗美

陰陽調而風雨時謹以無為實輔賛彌縫之莫識守而勿失盖典章文物之具存既俾萬國之咸寧豈忍一夫之弗獲矧如孱陋嘗辱品題自比輪囷雖曰不材之木庶幾踴躍亦為可鑄之金興言及兹陳箋奚盡

問候門下侍郎啟

暌離恩館荏苒歲華邈爾台躔飄然蓬迹雖禮絶上下之分難通瑣瑣之文而身陶坱圠之中敢致拳拳之意恭惟挹彼威福斂此至真均調萬物之和斟酌一元之

氣竊以其官崧高育秀昴宿騰輝量包雲夢之虛才挺
棟梁之用出陪熙運入輔昌朝擴帝紘而恢皇綱參冢
宰之重職謀王體而斷國論謨先聖之大猷俗已扇于
淳風民咸躋于壽域益簡宸衷之眷增隆岩石之瞻佇
登拜于上公方誕敷于顯冊顧茲弱植素荷殊私大袖
褒衣列掾曹于東土輕裘緩帶仰顏角之餘光嘗叨薦
鶚之榮每慶登龍之幸逮聞名節還秉化鈞瞻彼青天
悵披雲之無路情同乳燕念厦屋之有歸亟從惣道之

游莫遂掃門之請載惟偉度或未遐遺驂冀北之羣倘並馳于達路起周南之歎忍自弃于明時顧少丐于波瀾庶永歸于陶冶傾馳之數敷述奚殫

問候承旨啟

昨日詞官上國通謁髙閎侍君子之令儀已慙于形穢聽先生之餘論更覺于神開重蒙特達之恩欲假扶搖之便孤蓬自振遽整駕以言歸大廈方成空遡風而竊慕敢冐等威之間少通悃愊之私恭惟其官昴宿騰輝

崧高毓粹窮六藝之言而知其要總百家之書而折諸中摛為錦繡之文炳若丹青之妙壽王智略可謂無雙謝琨風流宜居第一自奉北門之名旋躋東閣之榮眷遇優隆獨被謫仙之目謀謨密勿允符内相之名方將入登綱轄之司然後即正機衡之任永俾搢紳之列咸歸陶冶之中重念某曾乏異能粗知鄉道思竭其不肖之力自托于無能之辭奔走塵埃莫酬素志逡巡歲月絶望亨塗倘憑國士之知遂接俊游之末道古今而譽

盛德雖無補于揄揚披心腹而效愚忠或有中于萬一瞻依之切顛沛于斯炎帝司時景風扇物願謹節宣之序益綏福祿之宜

問候徐帥啟

伏自一去台閎十更歲律顧胷臆之約結徒精爽之飛騰比聆趨覲之音常布陳情之牘臨文軋軋雖殫夢得之辭奏記翩翩終乏元瑜之美方虞僭瀆自抵譴訶敢意勞謙尚憐末學特屈岩廊之勢遠貽華衮之言縕窮

匣開如獲瓊瑶之重墨渝紙敝永爲篋笥之光眷意甚
隆欣喜何重恭惟某官分輝昴宿毓粹崧高厚德宏才
渾渾然廟堂之器忠言勁節凛凛乎社稷之臣入預政
機出居帥閫善政善教久賴于濟民嘉謀嘉猷方資于
告后果被遄歸之名仍蒙賜告之優紫府珠庭中總列
仙之秘神丹寶篆屈承中旨之頒寵參二府之儀大聳
百僚之望席兹異眷佇協僉俞鳳閣鸞臺登四府之近
衮元衮赤舄進三事之極班瞻頌之勤顛沛于是杪秋

在候寒露始凝願順履于至和以永綏于純嘏

問候判府資政啟

懇辭留鑰移鎮近藩涓選休辰布宣善教重惟萍迹久去台躔引領望風喜山川之匪遠馳函寓意愧筆舌之難周恭以某官德冠生民道嗣前哲崇論宏議陳三皇之規模麗藻遒文漱六藝之芳潤蚤際千齡之運蔚為百世之師折萬里之衝增重北樞之寄賦四方之政進參西省之華服勞王家勤功帝籍薦均休于真館屢出

殿于大邦仲華處榮悴之交子文無喜慍之色雍容一節俯仰十年眷天平之樂郊實畿右之都會威聲所暨已喧來暮之謠眷渥方隆即奉遄歸之詔然後登延于
上宰遂將永輔于明時律應温風候當溽暑頗謹節宣之序益綏福祿之多

問候祝漕啟駕部

伏念某受材么麼效職卑陬頃逢朱博之駐車竊慕李膺之執御造叔向之堂下曾乏一言厠王戎之坐中莫

希三語逮茲旋軫亦既淹時坐蒙河潤之恩居切旌搖之戀敢通咫尺仰布尋常恭惟某官敏識造微清輝暎物桂林擢秀鱣席隆儒佐天府之浩穰分省漕之清切決獄疑而據古遠駕于張不益賦而用饒近唾劉李剡朔方之繁夥實中國之本根久資心計之優增重使華之寄蓋足食足兵而民信故餘財餘力而頌興孟博澄清方詳求于民瘼弱翁治行已深簡于宸衷佇奉賜環即躋持橐清和在候趨拜未涯願順節宣益綏福履

問候沈和仲奏計還啟

睽違符采嚝然日月之淹延跂旌麾邈爾雲霄之阻敢冒瀆尊之謹恭脩贄見之儀伏以某官杞梓呈材圭璋挺器德量汪其容物神鋒凜以照人淵源游夏之文潤飾宏寛之業儒林講道夙推折角之名計省豐財薦被含香之選眷河北據腹心之地而闗西駐貔虎之師方廣粟以備邊故乘軺而將指曾恢游于餘刃果坐富于斯倉入覲清光密承殊眷雖弱翁治行蓋已深知然孟

博澄清迺其素志逮茲旋軫益振高風佇聞褒詔之頒遂席近班之峻顧惟弱植拜在下風藉名伯之棠陰常留遺澤爰趙衰之冬日幸假餘光永言匏繫之蹤徒切旌搖之戀應鍾入律元冥紀時顧順節宣以迎休祉

問候胡少汲啟

自違門仞浸易歲華引領望風徒結搖搖之志馳函寓意敢脩瑣瑣之儀恭惟某官負卓犖兼人之姿蘊經綸濟時之畧學窮六藝而不為章句之陋儒才備衆長而

克勤簿書之細務叅陪熙運亟據要津振起臺綱姦邪為之斂袵雍容省户士友莫不彈冠旋將命于畿西益騰聲于朝右還登宰屬密賛皇猷雖眷眷甚優方徯近班之拜顧朔方至重孰分當宁之憂遂叅内閣之聯增重外臺之寄平反禁網人以不寃總領漕權民皆足食豈特百城之畏慕實為多士之依歸宜褒綍之屢頒諒賜環之伊邇當金風之應律想玉體之保和願謹節宣益綏福履

賀留守觀文元啟

伏以氣周四序方肇正于天端日紀三元迺大新于歲始眷時耆德宜擁繁熙恭惟某官勳著鼎彝望高樑棟謀王體而斷國論蚤密預于政機宣聖德以代天工久佇登于宰席偃息藩宣之重雍容政化之優順迪春祺益隆宸眷顧如譾薄最荷殊恩稱柏葉之觴阻趨陪于下客築沙堤之路顒趣輔于明時

代文帥冬至賀監司啟

伏以候律管之葭灰微陽始應書觀臺之雲物衆瑞已

臻惟茲道長之時宜有彙征之吉伏惟某官學窮往古澤被斯民威稜憺乎列城德望聞乎多士攷祥視履茂膺福祿之多登明選公益受褒嘉之寵屬拘羣綫莫造賓閎延跂使華惟時善頌

代文帥冬至賀知通并謝啓

伏以微陽來復愛景浸長共欣剛長之時宜有彙征之吉伏惟某官忠誠許國豈弟臨民道與時行仁為己任方順迪于穀旦宜坐擁于繁禧馳慶未遑移書先辱仰

荷眷存之厚但深感服之私

賀少保生日啟

竊以崧嶽降神肇紀生申之瑞昴精儲祉終成佐漢之功天方祐于丕平家自鍾于餘慶宜有聖人之偶出為王者之師誕日載臨輿情共祝伏惟某官望隆人傑學擅儒宗大冊高文追燕許之手筆崇論宏議陋管晏之規模雍容四近之聯密勿九重之眷總方畧而一統類既資弼亮之明安邊境而立功名實賴撫綏之畫方將

誕布于德澤豈特旁暢于威稜勒燕然之山以耀無前之迹銘昆吾之冶式彰不世之逢遂入覲于王庭亟進登于宰席履茲赤舄長懷几几之安瞻此南山永峙巖巖之峻逾郭令之考校與王喬而爭年六代九公未覺前芳之遠一門萬石允為聖世之光某謬辱提撕方依挺植稱觴舉壽願敘慶之無繇引領望風但馳情而不已

制

擬中書侍郎除少宰制

元首居上運動實賴于股肱大廈方成扶持必資于柱石迺眷守文之重永惟論相之難注意賢賢既疇咨于列辟同心賛賛盡圖任于舊人播告大廷亶孚羣聽具官某謀慮深遠議論通明學足以窮六藝之文而蹈乎大方才足以應萬微之務而勤乎小物卓爾佐王之畧凜然憂國之忠入總綱維擅戴劉之美譽出宣條教繼名杜之遺風淹留十年夷險一致名從近屏入覲明庭

亮節載昭嘉謀屢告逮懽忝于政本益增重于邦基鎮
撫四夷莫善陳平之對總領衆職孰踰魏相之能肆迪
前脩用推異數進陟文階之峻延登次輔之榮增衍爰
田陪弘真食以攄素藴以慰具瞻於戲君義臣行豈
特將明之助予違汝弼庶幾啟沃之多俾萬物各得其
宜無一夫弗獲其所惟朕以懌其爾之嘉
擬延康殿學士醴泉觀使除中書侍郎制
朕潤飾洪業夏勞天下永惟政事之本一日萬幾而知

人安民惟帝其難之故夙寤晨興罔敢怠息眷求同德
協賛内樞具官某經術詳明足以恢規于治體政事通
達足以深究于物情擢貳中臺遽以憂去均勞于外久
閱歲華勁節髙風確乎不拔休聲茂實藉甚一時召至
樞廷未猷輿議用䟽不次之寵俾忝西省之華往欽哉
昔唐明皇勞蘇定碩曰方美宫闕每欲用卿然宰相議
遂無及者朕為卿恨令朕用爾由師錫爾其祗服休命
進賢任能使百官各稱其職而朕之號令罔有弗當則

予一人有嘉汝亦有無窮之問

擬太宰除使相宮使制

調元台鼎進則冠輔弼之聯置使祠庭居則兼將相之重雖勞佚之鼎用顧寵數而並隆眷時宗工久執魁柄其敷渙號以告治朝某官學該而識明器重而道遠夙藴經綸之業具彈啟沃之誠忠正無私俾人心之自化黜陟有敘致吏職之咸脩陰陽調而寒暑平禮樂興而刑罰措四夷即敘百穀屢豐方恭己以仰成忽引疾而

求去大臣蹇蹇之節雖務于匪躬君子謙謙之光終思
于不伐控章薦却抗志莫回念重遠于儀刑用勉留于
閫燕虎符龍節嚴上將之威容黻衣繡裳視上公之秩
物併推异數庸示至懷於戲斯謀斯猷尚無忘于告后
乃文乃武將永賴于憲邦不遐爾心乃稱朕命
擬安武軍節度使守司空開府儀同三司除鎮海
軍節度使守太保開府儀同三司制
公庭論道内叅心腹之良將鉞宣威外總爪牙之寄永

懷舊德顯有丕功改臨海岱之區載陟台衡之路誕敷
異數用穆僉言具其官學造聖源智先事表師周孔之
軌躅陋管晏之規模密勿嘉謀建萬世之長策雍容近
弼為一代之宗臣頃膺外閫之求併視洪鈞之峻袞衣
赤舄延登鼎足之司豹尾神旗增壯轅門之勢折衝于
枕席之上運籌于帷幄之中施澤異方著勳王室蔽自
朕志酌于輿情揭命明廷膺上公之顯策易節少府鎮
東秦之巨藩眷是威儀之多式副倚毗之重於戲萬邦

為憲吉甫兼文武之資四國于蕃申伯有柔嘉之德其
虔共于爾位毋専美于前修

擬資政學士除鎮海軍節度使制

朕内熙衆志外撫羣黎思並建于豪英以隆巨屏必兼
資于文武乃允具瞻蔽自余衷歷選近列用錫爾祉命
名虎以來宣克壯其猷得方叔之元老肆頒顯號孚告
治朝某官篤厚而淵深寛容而强直才足以行其所守
智足以尊其所聞遠見識微之明表于近世好學樂道

之效著于本朝確然金石之堅卓爾棟梁之用圖事揆策論不詭于聖人履忠進嘉議有益于天下粤升華于秘殿益流譽于明廷所去見思施無不可盤根錯節嘉其屢試之功大纛高牙授以專征之器惟兹興數允荅殊功於戲說禮樂而敦詩書必有仁者之勇重國家而尊社稷斯盡大臣之能惟終保于令名尚克勤于小物

擬中書舍人除禮部侍郎制

堯命伯夷作秩宗以典三禮周立宗伯和邦國而諧萬民粤予神考之興酌古經邦之憲分釐庶務肇建六官惟時貳卿實亞八座居左右侍從之列責任既隆況典章文物之司疇咨惟審必得明練之士用膺眷寵之私以汝其通諸家之書識前世之載屢試以事所臨有聲俾代予言最宜為誥簡古而蔚炳三代以同風忠正無私知本朝之要務載孚輿議俾佐春官夫禮樂教化之源文章政事之本敬爾有政無替于厥官直哉惟清將

觀于來效

疏

代王彦昭天寧節功德疏

流虹紀瑞實契昌期緜宇傾心敢忘善禱恭投紺苑廣集緇流閲寶藏之秘文脩法筵之淨供庶資妙果仰祝遐齡伏惟皇帝陛下紹累聖之宏規超百王之盛烈化行中夏躬大禹之儉勤威憺殊方兼成湯之勇智嘉祥薦應協氣横流適臨震夙之辰宜集騈蕃之福伏願洪

基益固熙運浸昌擁諸佛之儲休膺萬靈之薦祉仁如天覆常綏惠于黎元德並離明永照臨于下國又况乎華渚效祥啟聖神之休運梵宮祈福罄臣子之歡心庶藉良因仰延遐算伏願二儀並貺百祿是宜基業固于山河壽考侔于箕翼大恢至治永庇羣生

代周文翰天寧節功德疏

華渚流虹實啟聖神之運祇園供佛庶殫臣子之誠敢藉良因仰資遐算伏惟皇帝陛下堯仁博施舜智用中

勲業冠乎百王德澤漸于四海菲飲食而卑宫室自還
風俗之淳龐冠帶而要衣裳坐致蠻夷之化屬猗蘭之
慶會動寰宇之懽心披紺苑以乞靈藉緇徒而植福備
蒲塞之妙味閲海藏之秘文式傾葵藿之微少答乾坤
之施伏願衆祥畢至百禄是適帝業固于山河益恢至
治國壽齊于箕翼永庇黎民故率土含哺而康衢效頌
一人有慶適臨載夙之辰萬邦咸休共獻無疆之壽伏
惟皇帝陛下聰明睿智齊聖廣淵尚德緩刑將興堯舜

之道移風易俗比隆成康之時陰陽調而羣生和神靈
應而嘉祥見惟時誕節實契昌期馨草木之微誠脩龍
天之法會庶資妙果仰祝遐齡伏願豐茂世之規成長
治之業潛憑勝力坐致殊休如日之升常照臨于下國
與天亡極永覆幬于黎民

代仲都憲天寧節功德疏

上聖誕生允契星虹之瑞輿情交慶虔脩梵釋之因伏
惟皇帝陛下睿哲先天文思稽古丕承眷命孚佑黎元

紹累聖之宏規超百王之盛烈陰陽和而萬物得寒暑
平而三光全肆臨震夙之辰宜集駢藩之福是用即布
金之地閱貫苑之文仰祝遐齡式兹妙果伏願三靈
祉諸佛儲休天地之化無窮日月之明久照羣生咸遂
常依堯舜之仁百祿是宜益享喬松之壽臣竊思我朝
電繞樞而虹流渚實開睿聖之祥嶽脩貢而川效珍共
慶昇平之運敢申善禱仰叩真乘恭惟皇帝陛下玩意
神明勞精政事接千歲之統垂萬世之規冠德百王錄

功五帝肆臨誕節咸罄歡心閲寶藏之秘文脩法筵之
淨供庶資良力益集聖因伏願諸佛垂休萬靈薦祉參
天地以施化與日月而齊光賜大禹之書知彝倫之既
敘授黄帝之筴宜終始以無窮

代余帥天寧節功德疏

帝乙生商實啟興王之運洛書命禹式貽治世之祥彌
月載臨輿情交慶伏惟皇帝陛下聰明睿智篤實輝光
紹累葉之宏規超百王之盛烈仁沾恩洽俗易風移陰

陽調而羣生和天地順而嘉應降爰屬猗蘭之會敢傾向日之誠閱寶藏之秘文脩祇園之妙供席兹善果仰集勝因伏願展無窮之勲建不拔之策接千歲之統方隆過歴之期擁三靈之休益享後天之算臣竊思我朝流虹繞電實開受命之祥膺籙受圖方啟至寧之運邦家永賴夷夏交歡伏惟皇帝陛下盛德難名豐功莫擬潤飾祖宗之業槩同虞夏之風務教化而省禁防崇寛大而長和睦頌聲並作協氣横流肆臨震夙之辰宜集

駢蕃之祉雖天地之大罔無俟于禱祈而葵藿之微自
不忘于傾慕悉延清衆廣設珍羞庶伏法緣益成善果
伏願建久安之勢豐茂世之規雷動風行莫測神功之
大天長地久永膺壽考之寧

降聖節道場開啟疏

寶命有初仰九天之默御真祠如在鬯萬國之微誠祇
率多儀悉延浄衆冀神功之莫測祐聖烈以無窮以莫
不增既錫泰元之筴必得其壽益從長發之祥

降聖節道場罷散疏

胙蘿圖于億載慶襲其傳奉玉音于九重祥開是日凜
真游之在上嚴邃館于多方按用靈科恭陳妙果冥冥
默默孰知至道之宗子子孫孫永錫無疆之祉

口號

天寧節前筵口號

大電繞樞實兆軒黃之瑞流星貫昴允符夏禹之祥世
方格于大寧月復丁于盈數邦家永賴夷夏交欣恭惟

皇帝陛下睿哲先天文德稽古建中和之極創道德之塗三光全而寒暑平上順泰階之政五穀熟而草木茂下均庶物之休冠德百王錄功五帝屬誕彌之令節頌燕衎之寵恩舜樂初調見五百年之平治堯階再望慶八千歲之春秋臣等謬廁伶官獲遊化國輒效華封之頌顧賡擊壤之歌不度荒蕪仰陳口號

天扶寶運世興王慶陋猗蘭祝畫堂千載後觀周禮樂萬邦遥奉舜衣裳北門驕子常輸貢南極老人方效祥

試向紅雲瞻魏闕侍臣應上萬年觴

天寧節後筵口號

上聖誕生允契千齡之運下民底乂方隆萬世之基彌月載臨普天同慶伏惟皇帝陛下聰明睿智篤實輝光脩德施仁將興堯舜之道移風易俗比隆成康之時百川理而絡脈通萬化成而瑞應著頌聲並作協氣横流賜大禹之書知彜倫之既敘授黄帝之策宜終始之無窮適當繞電之辰咸錫需雲之宴臣等叨居樂部獲遂

嬉遊葵藿有知終不忘于向慕天地甚大罔莫效于形容輒採民謠仰陳口號

流虹啟聖際千年湛露洪恩下九天騰踏歡聲來擊壤
氤氳瑞色散飛煙已賡聖代中和頌更草前賢封禪篇
四海豈知蒙帝力春臺此日倍熙然

天寧節馬前口號

一人有慶適當載夙之辰萬邦咸休共獻無疆之壽既集薰脩之祉方陳燕衎之儀願抒歡謠少停畫轂

千秋從昔慶嘉名四海而今賀太平十里旌旗明曉色
萬家絃管被新聲五雲已逐陽烏現百獸方隨儀鳳鳴
更喜簪紳趨燕衎南山祝聖願同傾

送杜守口號

九重丹詔錫恩榮嫋嫋秋風卷旆旌藉甚搢紳爭頌德
依然韋布愛脩名一錢選受羣翁送三徑歸來萬事輕
宣室異時思賈傅蒲輪應復召枚生

致語

虞憲按樂致語

君臣相悅方均四海之休天地同和自得五音之正先京師而首善頒郡邑以承流雖立度出均蓋本一夔之制而放鄭近雅更資八使之詢暫駐輶車廣陳燕豆恭惟提刑朝奉才周庶事智探微幾博通諸家之書多識前世之載久被使華之選樂茲民俗之淳况祗奉于絲綸方協比于律呂周郎顧曲終節奏以無差季子觀風識鏗鏘之盡美但某等叨居樂部獲造華筵敢抒千里

之情用賛上天之德
熙然伏運慶當千初見簫韶被管絃況際輅車臨樂國
更張綺席會羣仙歡聲已逐鏗鏘奏和氣方隨律吕宣
何日九重頒名節好陪鵷鷺聽鈞天
傅倅請杜守樂語
璧日南訛適應清和之候鈴齋卧治況當暇豫之時思
款奉于談鋒爰廣陳于燕豆恭惟某官精忠許國厚德
臨民家傳王謝之風流文挾班揚之麗藻三年布政四

境蒙休雖獄市并容類曹參之清淨而米鹽靡密兼黃
霸之聰明野無枹鼓之驚里絶鈱緡之訟其官義篤婚
姻之好志同交友之仁欣王化之旁流知輿情之按堵
方退食自公之暇實薰風解愠之時絲管喧闐溢歡聲
于天外尊罍傾倒浹和氣于座中某等猥以賤工幸逢
高會欲侑一時之樂敢賡五袴之詞
清時樂事昔難逢曦御初移晝景融麥秀兩岐飜翠浪
槐陰四面舞輕風揮餘玉麈談無倦醉倒金罍酒屢空

髣髴已聞頒鳳詔朝來喜氣滿城中

上梁文

槐堂上梁文

兒郎偉淄右接東秦之奥治中分半刺之權昔我魏王嘗涖兹宇作堂其左以為燕息之居植槐于庭斯見公侯之志逮歲月之浸久顧牆壁之將頹惟名公之憇甘棠尚蔽芾而勿伐而宣子之譽嘉木亦封植以無忘矧盛德之始臨豈成規之可替通判朝奉卓犖有君子之

操慷慨慕古人之為用其道而行其言孰謂風流之遠
思其人而至其室如聞謦咳之音因斯人之暇時命羣
工而偕作斤斧既集鬱若雲屯柱礎方陳楶如星布增
其故址易以瓌材載闢重簷肇新彩制虹梁偃蹇抗大
厦以耽耽霜榦扶踈儼前除之翼翼豈特盛一時之壯
觀固已浹千里之歡心落此奇功播于輿誦
兜郎偉拋梁東百堵皆興指顧中畫棟飛雲明曉日槐
枝當户揖春風

兒郎偉抛梁西岧嶢魏闕與天齊政成祇恐歸丹禁詔
下爭先看紫泥
兒郎偉抛梁南吳越王孫擅美談他日故鄉夸錦繡方
令重屋見楩楠
兒郎偉抛梁北退食委蛇歌正直清如朔雪映冰壺惠
若冬曦照衡國
兒郎偉抛梁上魏王情爽應來往仰瞻星斗近華楹遠
揖峯巒歸翠幌

兒郎偉抛梁下却眠庭柯驚罷亞羣兒誰記舊升堂故老亦知來賀廈

伏願上梁之後民情和悅歲事順成野無枹鼓之驚里絶鉆篇之訟嬉遊燕衎常瞻樂國之風富貴功名終繼前賢之美

疏文

玉佛殿祈雨文

自夏迄今常暘爲沴晚苗未立宿麥已空咸懷溝壑之

憂豈復倉箱之望靡神不舉既牲幣之屢陳謂天蓋高曾精誠之罔荅載稽衆志仰叩覺慈閲海藏之秘文備蒲塞之盛饌庶資妙果密致殊祥況千百億身散金光于普率而三十二相現玉質之端嚴意將大濟于此方忍使含生之無愬願同威德依鑒歸依霈膏澤于崇朝蔚新禾于長畝在諸佛有反掌之易俾千里有鼓腹之娱是大因緣敢忘報稱

道觀祈情文

秋陽既升方斂其實霖雨不止將害其植仰妙道之何言閔斯民之無罪陰雲解駮俾山川之冀除白日顯行庶禾黍之堅栗

寺院祈晴文

八月其穫念百穀之向成三日為霖瞻重雲之未解式陳淨供仰叩祇園日暘而暘常開闢之自我匪且有且惟祈禱之必從願垂無礙之慈終俾有年之賜

祈晴文

秋穀既登咸有倉箱之望霖雨方作害彼場圃之功頼抒杲杲之光終俾穰穰之慶齋心以禱拭目而需

道觀謝雨文

常暘為災下民告病竭誠以禱上帝降衷油雲朝興膏雨暮集俾滂沲矣靡煩離畢之占汜布濩之方同甘露之澤興含生于將槁欣厥壤之可游賜被無窮功歸不測尚希終惠無使後艱以報以祈載欣載躍

寺院謝雨文

神智無方奚遠弗屆覺慈不倦有感必通眷彼千里之
民罹茲半載之旱徵誠屢瀆嘉應薦臻大興法雲密洒
甘露羣生改色方觀黍稌之多協氣橫流尚俾倉箱之
積載嚴淨供式款祇園永惟解脫之恩莫效毫釐之報

寺觀謝晴文

比以雨淫懼為民害叩真祠而薦懇集淨衆以乞靈惟
天鑒之不違果陰氛之頓釋曦光委照歲事善收祇率
常儀仰酬顯貺

謝雨文

暵其乾矣方懷卒歲之憂雨以潤之遽起有秋之望自匪覺慈之無礙孰昭誠悃之有加驅沴氣于一朝溢歡聲于萬室式陳妙供少荅殊私

謝晴文

八月其穫欣萬寶之向成三日為霖瞻重陰之未解方涓穀旦庶款祇園仰惟無礙之慈俯察有生之願精意所格居無倫物之儀屯雲頓除遂協屢豐之慶式陳淨供

少謝洪恩

祝文

諸廟祈晴文

刺史不德不能道迎善氣以協雨暘之敘乃自春夏旱暵為灾刺史竭精誠潔牲幣奔走請命于爾神蒙神之休賜以膏澤令禾黍在野蔚然垂實農夫欣欣望歲朝夕而繁雲蔚興淫雨不至旬日之間又將告病是用祇懼再款靈宇夫能濟旱于崇朝則劃雲陰于指顧為可

冀也能興多稌于未立則成豐年于將穫為至易也若夫惠于其初而敗之于其終是又非神之意也嘉肴旨酒唯以告哀

諸廟祈晴文　既擇日將禱先祈一日晴遂改前祠云

秋陽既升將斂其實霖雨不止懼害于成初蠲選之休辰方潔齋而待事匪且有且雖至誠之必從曰暘而暘惟神功之莫識罔假滐盛之薦載欣禾黍之登祇率常儀仰酬洪施

祈晴祝文

六月之旱神既膏之八月之霖神既暵之殆今載獲歲得中熟而繁雲蔚然穡人塗之神之聰明亦何惜十日之霽而為一簣之虧也願止其淫終此大惠

諸廟謝雨文

我瞻此邦農服鉏耨畇畇原隰相錯如繡自我初至適罹旱暵閔閔累月如垢未盥奔走請命昭此誠悃惠澤滂沱無有遠近始時下田漲以行潦助長揠苗半亦就

槁十日不雨存者雹掃令者既優實堅實好洋洋千里老稚歡舞庶幾有秋蘇我貧窶吏則不德神施其普不腆之儀尚歆毋吐

諸廟謝雨文

間者常暘害于歲事奔走行祀靡敢怠遑逮兹再旬乃獲嘉應油雲蔚興甘雨既渥枯槁茂遂疾癘訖除儻無後艱猶冀中熟是用齋戒仰謝洪施牲酒潔豐尚其鑒兹

諸廟謝晴文

屬者旱暵為灾刺史奔走潔牲幣請命于明神蒙神之休賜以膏澤曾未踰月而禾黍蔚然歲且大熟乃旬日已來淫雨頻至大懼不能終神賜而害于斯民是用齋心撰事以須良辰恭款靈宇而仰祈孚佑精意潛通先期獲吉癸丑之夕清風時興雲陰卷除甲寅之旦白日顯行萬物皜皜豈特民有多黍之喜吏無失職之憂神亦永食于此邦無愧旨酒嘉實易祈為報惟神其監之

諸廟謝晴文

民有疾瘼吏達其治天有雨暘神請其賜各修乃事食則無愧淫雨為災莫暵我場既禱以霽四野洋洋嘉粟旨酒尚其降康

代鮑欽止秋賽文

煌煌華堂神所司兮兆祥佑福民所祇兮風馬雲車驂鸞螭兮來饗來臨聽甚畀兮我吏于兹亦何為兮旱則渴雨雨求曦兮再三之瀆宜罪罹兮惟神聰明不我疵

兮秋風蕭蕭白露滋兮多稼盈野積如坻兮擊壤欣欣
舞耄倪兮王事共給及我私兮吏安厥職退委蛇兮孰
尸其功神是毗兮肴酒芬香侑以詩兮匪以為報唯其
儀兮

青詞

代鮑欽止祈雨青詞

臣罪廢之餘受天子之命假守是邦夙夜寅畏所以稱
明詔恵元元者未有一得而顧瞻原野則苗之茁者曽

不數寸農夫之倚耒者種猶未入也嗚呼天之徧覆施
育羣生其忍使至此耶今山川望祀既已屢走吁嗟之
求辭亦窮矣臣又初至未能有以協媚于上下而溝壑
之憂近在旦夕是用齋戒為壇請命于上帝庶幾愍茲
分敕百神大沛膏澤永為民休其自今尚克力職以謝
洪庥也

又祈雨青詞

天維顯思常監觀而從欲心亦憂止敢齋戒以求哀念

千里之何辜歷三時之不雨秋種未入而室有閒民夏苗將枯而野無長穗紅塵蓬勃赤日藴隆吁嗟之詞既窮山川之望咸舉雖密雲屢族終閟澤于崇朝顧高禀方陳懼流災于凶歲仰瀆蓋高之聽冀垂徧覆之恩名屏翳以先驅呼豐隆而作解既優既渥將遂及于我私無臭無聲亦何知于帝力

祈雨青詞

愆陽為災歷春不雨農夫告病田畝將空既率循于舊

章屢奔走于羣望豈積誠之至未能感神抑水旱之來實為有數敢請下民之命仰叩上天之仁冀蒙鑒觀昭其誠悃膚寸之合亟名呼于羣龍三日之霖遂沛澤于萬宇

謝雨青詞

天道無私常監觀而從願民情所病敢齋戒以薦誠惟玆災旱害于歲事雖舊章具舉並走山川之祠而沴氣方隆未協雨暘之敘恭陳悃愊上瀆蒼穹果精意之潛

通致嘉祥之來應錫以崇朝之澤寛其終歳之勤百穀用成行有倉箱之積三事就緒遂無溝壑之憂

代作夫人平安醮青詞

竊以道運無積孰窺覆載之方福生有基盖本精神之爲繄九天之黙御庶一念之潛通臣妾某氏性植久荒心源未淪素昧冲虚之旨每稀清淨之風頗宗族之康寧實神靈之數施敢陳妙供恭按仙科載稽玉笈之文並集丹臺之衆仰祈冲鑒俯諒微衷洗千刼之塵緣永

酬素願獲一門之善蔭俾免後難

代杜守病設醮青詞

陽舒陰慘常福善而禍淫雨施雲行每赦過而宥罪輒輸悃愊仰叩威靈伏念臣素禀尫羸之姿來忝承宣之寄方詔條之數下愧善最之蔑聞筋力外竭于簿書精神內耗于思慮遂失節宣之序不知疾病之嬰伏枕彌旬沉痾被體皆緣積戾自致深憂惡石屢攻未有毫釐之驗誠心所感尚祈覆幬之恩伏願貰其已往之愆開

以自新之路庶俾膏肓之厲少寬溝壑之虞雖覆地戴
天固難施于報效然生死骨肉敢復蹈于悔尤

敘

唐宰相蕭嵩會百官賦詩敘

雅頌不作久矣蓋自先王之道衰而禮樂之用熄兩漢
而下固有願治之主厲精庶政垂意元元僅能濟一世
安平而教化未盡治刑罰未盡措民氣未盡樂儒臣學
士雖欲髣髴至治聲歌太和以耀後代而垂無窮然辭

侈事陋不足感人心況能參諸詩書而無愧乎此有志
之士所以拊髀而屢歎也我唐之興高祖應天順人混
一宇宙以創大業太宗脩飭百度懾服四夷以興太平
高宗中宗嗣守洪基以含以容至于睿考掃除蠱孽輯
寧邦家巍巍乎中興之功矣盛德不居以授聖子恭惟
開元神武皇帝陛下既受羣臣朝慨然長慮欲復貞觀
之烈以追三代之隆躬孝弟示節儉盡散險詖之聚廣
開衆正之門眷求賢良列于庶位二十年之間剗陋補

弊滌瑕燭幽凡前世所睥睨而莫能為者舉而行之罔有遺策德教加于百姓威靈行乎鬼區囹圄空虛休祥畢至封人之祝擊壤之歌洋洋乎盈耳書契以來未之有也于是天子覩海内之少事嘉斯人之咸樂詔曰朕承洪業託位公侯之上夙興夜寐以迄于茲雖賴天地祖宗之靈貽休垂慶亦惟爾左右侍從百執事之臣竭心悉力協成丕功予惟寵嘉之夫始則同其憂終則同其樂先王之盛德也詩不云乎太平之君子至誠樂與

賢者共之其賜羣臣十日一宴以彰至治之效焉臣嵩等既受詔退伏念昔者周宣王能脩文武成康之業天下復興而方叔吉甫名穆公之徒猶能為雲漢崧高烝民韓奕江漢常武以揚王休傳之無極至于今頌之況如今日之懿而喑無詩歌是不接邦人之意而忘天保報上之義也乃會羣臣賦天成元澤維南有山揚之華三月英英有蘭風和嘉禾等詩凡八篇溫純深潤遠繼雅頌之體既又命臣遜序其所以然臣幸生聖世待罪

闕下涵詠太平之澤久矣竊美相臣之意而侈上之賜思得挂名其間有榮耀焉宜俾夫萬世之下咸知君臣相與之樂而八篇之作不特為虛辭借美以夸示一時而止也于是乎書

銘

進善旌銘

昔在帝堯俊德光被舍己從人旁搜俊乂顧瞻在廷既悉汝意九敘惟歌從欲以治帝曰欽哉我其敢忽咨汝

萬方以誠自竭先民有言詢于芻牧小人之箴亦莫敢
伏愚者千慮則必有獲狂夫之言聖人所擇譬彼岱宗
天下所仰塊土積塵增高其人又如天池百川所歸涓
流零露受而不辭乃詔有司建以析羽于彼達道咸使
觀覩有善則告立於其所尋弼予規不汝違拒凡茲有衆
小大相斅明明天子唯德是樂孑孑干旌茲廸攸教豈
無嘉謀庸以相效若輻之湊若水之赴潤色增光靡異
細鉅庶言既同事無遺策誰其尸之天子之澤

玉漏銘

陰陽之運密移莫測孰司其機以其準則設壺下漏登時進刻差之毫釐其失則百於皇我王神智自天取成于心罔襲以鉛贍彼銅壺其流涓涓久而必塞理則宜然乃詔内府載選良璞迺敕工人是追是琢不日告成陋彼衆作温潤而澤縝密以栗引水注之晝夜不息晦明寒暑罔有差忒昔在成周百物咸備曰挈壺氏世掌爾器及政之良官怠其事東方未明詩人是刺於皇我

王既飾庶治以其遺餘肇新厥制永永萬年自今其始
下臣作銘以昭盛美

策問

昔漢武帝選用豪俊征伐四夷當時號為名將如衛青
霍去病蓋其尤也青雖喜士然于天下未有所稱去病
有氣敢往然少而侍中貴不省事是二子者才氣優劣
果何如邪至于將數十萬之衆深入邊庭奮揚威武功
烈可謂盛矣考之于書其行軍用師之道所以料敵制

勝者亦可論予諸君試備陳之

昔光武以英偉之姿掃除禍亂中興漢室雖其天命人心所歸非可以力致而當時豪傑之士咸依日月之光奮身不顧共濟大業顯名夷夏著勲竹帛使後世之君思其人而不得則法其容貌書其官爵則為名世之圖蓋二十有八人考之史冊方畧謀慮見于已試必有可以為師法者諸生深明兵家之事多識前古之宜講論于此當已熟矣顧併與其優劣著之

周官曰險野人為主易野車為主夫用車以戰三代之制也晉申公巫臣教吳以車戰而楚人疲于奔命則行師之法孰若車之利哉逮至後世其法浸廢然亦間有用者以近古觀之唐馬燧用于河東而兵威大振房琯用于陳濤而師徒敗用車戰一也或以勝或以敗何也豈用之有巧拙而地勢有利不利歟先王車御之法載于方冊諸君講之詳矣願併陳之

昔司馬遷班固或以博學多聞採纂前記綴緝所聞成

一家書後之良史未有不宗焉者也今其書具在學者論之熟矣敢問向之稱遷曰辯而不華質而不俚其文直其事核不虛美不隱惡范之稱班則曰不激詭不抑抗贍而不穢詳而有體二子之言非苟然也試撫其書舉其一二明之

自古名將如漢李陵以步卒五千出居延至浚稽山卒遇敗衂身降匈奴唐李靖以勁騎三千由焉耆趨惡蕩嶺遂破定襄襲走可汗夫以寡敵衆一也或以成功或

以敗豈陵之用衆不若靖耶抑其乗機應變有未得耶
不然則天時地勢有利不利耶諸生試詳論之
黄帝堯舜之治二三子所飽聞而樂道者也敢問易曰
黄帝堯舜垂衣裳而天下治語曰無為而治者其舜也
歟莊子曰堯之治天下不賞而民勸不罰而民畏夫既
曰垂衣裳而治矣無為而治矣不賞罰而治矣則内經
所載二典所書太史所記何其詳且悉耶至漢晁錯又
謂五帝其臣莫及故身親其事三王臣主俱賢故合謀

相輔五伯不及其臣故屬之以國任之以事信斯言也是帝者反勞而伯者反逸也盍詳論以質所疑

劉向班固皆漢儒宗其論當世之士非苟云而已也然向稱賈誼通達國體雖古伊管未能遠過而固以為術已疏向稱董仲舒有王佐之才雖伊呂亡以加管晏之屬殆不及而固以其言為過矣誼仲舒于伊尹呂尚信不侔矣使時見用功烈之盛管仲晏子其獨不足為歟至固論孔後命世之士唯孟軻荀況董仲舒司馬遷劉

向揚雄而獨不及賈誼且孟軻優入聖域者也荀況揚雄大醇而小疵者也若遷仲舒則于誼果何如耶諸生談經之暇博及羣書顧聞所論以質厥疑

闢楊墨之淫邪以尊孔子之道者孟軻氏之功也非惠施之舛駮以明老子之道者莊周之功也夫軻與周生同時也辯相若也然軻之書十四章未嘗一及于周周之書三十三篇未嘗一及于軻豈道不同不相為謀邪抑相忘于道術邪竊疑其所以然願與諸生論之

祭文

代祭林子仲文

嗚呼士之逢辰病不已修名聞既彰位則非尤雖躋顯
榮有不壽考鮮或髗髗爲國之老位與壽隆視其後嗣
有子弗賢孰大以熾凡此三者搢紳之榮人艱其一惟
公是并公之先世載其令德力田而年黍稷嶷嶷伯氏
仲氏有公有卿公居其間其品濯濯其行無瑕學純爲師歷
仕五朝左右其宜翔乎中外晚登仕從嘉績藹然播在

輿誦衆方汲汲誰克知止公獨慨然曰予可已請命于
朝抜輿就養挺其忠節老而益壯高門煌煌蘭玉盈室
綵服趨庭天子之粥鳴呼哀哉病始上聞國醫往視尚
冀安寧胡不慭遺老成云亡天子興嗟仁者必壽七十
胡遐駢繁贈賻追賁窀穸往者何憾存者弔慼鳴呼哀
哉其頃以姻婭獲彼雲霧汴泗往來數奉杖几方與士
夫引領南望冀公與子同歸廟堂日月幾何公仆不作
山川匪遙庾吏是縛奠不擧觴葬不執紼寓哀以詞流

涕永訣嗚呼哀哉

任子諒母夫人祭文

夫人生有懿行嬪于德門守義靡他蚤厲共姜之志擇鄰成教遠追孟母之風唯積善之有餘慶故流芳而甚遠眷時賢嗣為世名臣奉以安輿居享承顏之樂新其命服屢膺錫號之榮方歆五福之全遽起九泉之歎升堂而拜念託契之實深執紼以辭悵脩途之云阻聊陳薄奠用致微誠

挽詞

毛彥謨以其弟彥周出殯見索挽詞謹賦一首

十年鄉校歎蹉跎一日皇恩盡網羅别去謂宜登上第歸來還復遇沉痾秋風但結原鴒恨曉露空聞蒿里歌榮願未酬身已歿平生稽古竟如何

挽詞二首

仙李遺風遠高門積慶長及身儀禁路有子耀巖廊不及千鍾樂應留八葉昌凄涼封蜜印髣髴映金章

故里尊疏傅羣公慶孟侯方歆五福備遽隔九原幽歎
息人何贖褒榮禮獨優翻疑脫仙骨名字照丹丘

又挽詞一首

蕭葉蟠根大于門結駟新鵷行尊几杖鶴骨離風塵追
挽傾朝綫褒榮動帝宸唯應兩河道猶想錦衣春遺子
一經足成家五福并千鍾欣樂養萬石仰榮名日射銘
旌字風傳袞鐸聲遙知開吉地不假問三生榆社聆風
遠蘭堦托契深興宗知有自處貴獨無心隴陌睎朝露

庭槐長夏陰如公更何恨顧我尚沾襟

墓誌

宋故朝散郎尚書吏部員外郎贈徽猷閣待制傅

公行狀

公諱察字公晦孟州濟源人曾祖闕　故仕山南東道
節度推官知磁州昭德縣事贈太子太師曾祖母王氏
昌國太夫人祖闕　故任通直郎知京兆府奉天縣事
贈正議大夫祖母張氏贈碩人父見任朝議大夫主管

南京鴻慶宮母錢氏封恭人公以元祐四年己巳十一月十六日生是日伯祖獻簡公拜中書侍郎因小字鳳郎生而秀穎異他兒公尤愛之十歲不戲弄誦書問學晨夕不懈年十七舉進士以父任衛州幕官屢試河北路轉運司高預薦名逮試禮部以避親送別試所復在高選是時蔡京初輔政用事其徒日以杜絶諫諍誅鋤忠良為事引羣凶者謂之明國是或擢為第一或置在甲科公守正論不復得在高等公之未廷試也京方賣

弄威權脅制内外且陽示含容誘以附已堅欲以女妻公遣其子儵與術士協律郎趙知幾等數輩踵至視公又托其姻戚强公相見公毅然不肯從有識者謂公少年有器識未易量也其後公為清憲趙公婿京衡之清憲公覺其家陳乞添差青州司法叅軍前執政官徐處仁余深繼守青州徐長于治民屢試以事知其奉公不茍心器重之深亦待以老成就移文林郎知洺州永年縣丞在職清謹惠愛及民民到于今稱之移儒林郎部

使者交章論薦改通直郎知淄川縣丞淄川東州佳郡
士大夫之賢者有如衡規王積中毛申之皆領宫祠于
彼公迎親至官所時朝議公方提點南康軍逍遥觀公
創築堂以逍遥榜之朝議公日與三人者游賦詩飲酒
相得甚歡公奉溫凊供甘旨于其間怡然自得未甞以
仕宦屑意凊憲公三子皆有賢德以母夫人高年家居
不仕講學博古琴書自娛友壻李擢少負英才時爲青
州司録公緣職事往來淄青間相與琢磨士論稱美及

終更不肯造朝居無何除通判萊州改順安軍皆不赴
又除太常博士久之名對除兵部員外郎踰年遷吏部
主管最號煩劇在職者主畫諾而已公取案牘躬為省
閲每至申刻方得歸日以為常是以咸悦出入望之人
皆以手加額焉宣和七年已巳十月借宗正少卿接伴
大金國賀正旦大使時年三十有七十一月至燕山府
聞金人將入侵而帥臣蔡靖但言使人在途尚未能至
即以書抵其家具道金人欲入侵之故且曰藥師忠勇

可恃以無憂是月二十一日至薊州玉田縣韓城鎮使人無來期後數日敵人暴至夜圍韓城鎮明旦有酋長從數十騎突入館曰請少卿上馬公飲以酒問之覺其有變不得已與副使蔣盈上馬行至界首立馬以待酋長促行公曰此兩朝疆境尚欲奚往耶酋長輒指畫御者望東北去約行百餘里過青州金國太子領兵數萬騎南向遇諸塗使副行李人從官屬禮物悉皆被掩左右諸公拜太子公曰某奉朝命至境上迓使人不至國

中不見國主不應拜太子太子雖貴上合與使人賓禮
相見太子曰金國方興師問罪海上之盟不復可守尚
何使人之稱耶大厲聲而言久之大抵瀆慢之語也又
曰張角我讎人乃與高官令安在而以偽首級見欺又
曰凡汝國中失德及向我不善意為我悉陳之我將富
貴汝公曰張角事其實不聞但主上仁聖兩朝方結好
信使接踵于道禮聘未嘗闕而太子盛怒如此其所未
曉容某還朝奏知又曰汝尚欲還朝耶白刃如林堅欲

公拜雖衣冠狼籍而膝終不屈且曰事至今日不過一死甚死即不敢惜拜即不當拜反復辯論殆移三時太子乃曰勿令他拜汝後欲拜不可得矣日已晚公與蔣噩及一行使臣退就一所公顧蔣噩曰蔡靖坼候不明以至于此朝廷不知邊鄙無備柰何又謂書表官秉義郎俟彥等曰我死誠不惜但不曾與朝廷了得一事又我父母年皆六十餘平生鍾愛我我不敢辱汝等得脫必記我言言畢一行皆掩泣左右敵人多竊聽者暮夜

分隷數處自是官吏不復得相見十二月七日敵騎次燕山藥師奮兵迎擊殺傷甚衆已而再戰即遽降敵開門延入燕山遂失守明日侯彦等聞金人相與言曰昨日大使在軍中望見藥師戰勝有喜色慮藥師刼取已殺矣既而太子名燕山將官武漢英囑之漢英選虎翼卒沙立等三人焚化裹其骨間關至涿州獨沙立在遇金人收繫土室兩月餘一日伺守者不在即毁垣而出是時宋伯友奉使過界上隨之得還以靖康元年五月

至京師朝議公時為屯田郎迎置明聖觀音院設水陸
大會殮之遣公之弟護送歸濟源權厝資忠崇慶院即
賜獻簡公守墳佛廬也先是將噩武漢英及國信月使
臣多竄歸者人人誦公之言高公之節而侯彥等不忍
使公湮没無聞乃錄其實狀聞于朝大名府路安撫使
徐處仁河北路轉運副使孫紹遠皆露章奏之諫官亦
為論列淵聖臨朝咨美後因金使王汭奏事嘗詰問焉
詔贈公徽猷閣待制依所贈與致仕遺表恩澤仍給賻

贈中書舍人譚世勣行其詞曰死有重于泰山或輕于鴻毛顧所處如何爾苟激于忠義雖死猶生也朝廷贈隧之典非特為九泉之光亦俾仗節死難之士知所勉焉某詳贍之學敏而能通端亮之操靜而能守為郎華省赫有休問比以一介之使馳不測之險臨以白刃毅然不屈卒以身殉于義得矣延閣次對厥合妙選吾于里第以旌高節噫富貴無能磨滅誰記而爾所立千古不沒庶幾英矣歆我龍光公積階官至朝散郎娶趙氏

封安人男女五人皆趙出自強用外祖遺表補將仕郎自得自脩並承務郎長女許嫁承事郎趙悰次最幼公忠孝得于天資刻意好學自少及壯未嘗一日輒廢平生無子弟過初遊場屋同舍或出入飲博客至公獨在初未為異後至每如此人方歎其脩謹與人交未嘗見其忤色喜屬文多為人稱許士譽藉甚往往以公輔期之孰謂天奪之遽且酷也嗚呼金兵南下公首以不屈遇害方是時行路之人莫不相與咨嗟流涕天下想望

其風采以為秋霜夏日不可狎玩雖敵國亦稱為忠臣其後李若水以不屈死餘無得而稱者公之歿三年矣骨雖歸而葬未有期朝議公慮歲月久行實零落孤忠勁節徽世無聞則重為不幸一日出諸人奏牘以示公休俾詮次其事以待他日紀述者得考覈焉公休與公為姻家識公為最詳不敢以不敏辭謹狀建炎二年十月從事郎前隆德府司士曹事晁公休狀

忠肅集卷下

總校官候補知府臣葉佩蓀
校對官主事臣陳文樞
謄録監生臣江右瑞

圖書在版編目（CIP）數據

忠肅集 / (宋) 傅察撰. — 北京：中國書店，2018.8
ISBN 978-7-5149-2102-1

Ⅰ. ①忠… Ⅱ. ①傅… Ⅲ. ①中國文學 – 古典文學 – 作品綜合集 – 北宋 Ⅳ. ①I214.412

中國版本圖書館CIP數據核字(2018)第084832號

四庫全書·別集類

忠肅集

作者 宋·傅察 撰
出版發行 中國書店
地址 北京市西城區琉璃廠東街一一五號
郵編 一〇〇〇五〇
印刷 山東潤聲印務有限公司
開本 730毫米×1130毫米 1/16
印張 23.5
版次 二〇一八年八月第一版第一次印刷
書號 ISBN 978-7-5149-2102-1
定價 八八元